村上春树

天黑以后

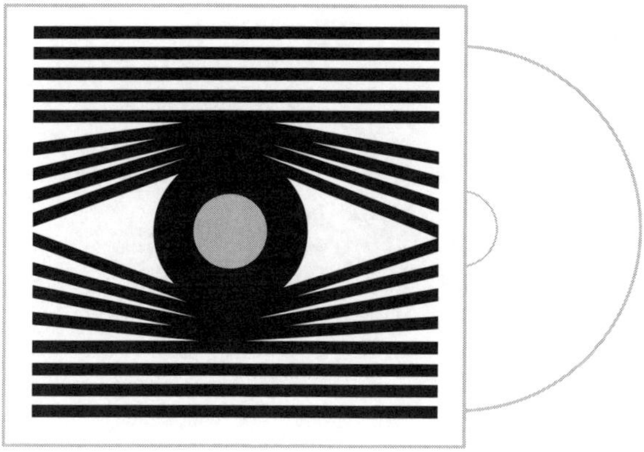

アフターダーク

23:56 ……… 06:52

施小炜 译

南海出版公司

新经典文化股份有限公司
www.readinglife.com
出　品

1

23:56

映入眼帘的，是都市的身姿。

透过在夜空中高翔的飞鸟的眼睛，我们从天上俯瞰着这光景。在辽阔的视野中，都市望去仿佛一头巨大的活物，或者一个由诸多生命体纠葛缠绕而成的集合体。无数的血管一直蔓延到无从捉摸的躯体末端，循环着血液，无休无止地更新着细胞。送出新信息，回收旧信息。送出新消费，回收旧消费。送出新矛盾，回收旧矛盾。身躯伴着脉搏的节奏，处处闪烁、放热、蠕动。尽管时刻临近子夜，活动的巅峰期已过，维持生命的基础代谢却长盛不衰。都市发出的低吼声作为通奏低音不绝如缕。那是全无抑扬的、单调然而孕育着预感的低吼。

我们的视线选取尤为辉煌灿烂的一角，向它聚焦，朝着那一点静静地降落。那里是五光十色的霓虹灯海洋，是被唤作闹市区的所在。墙上安装的众多巨型数码屏幕以子夜为界陷入沉默，店头的高音喇叭却依旧全无怯意地敲打着嘻哈音乐夸张的低音。挤满了年轻人的巨大电玩中心。吵闹的电子音。痛饮一场之后结伴归来的大学生们。头发染成金色、迷你裙下裸露出健美双腿的十多岁少女。为了赶乘末班电车而匆匆走过多岔路口的上班族。纵使已夜深如此，卡拉 OK 店的拉客声仍然热闹非凡。外观花哨的黑色面包车仿佛在品评街市一般缓缓地驶过街头。车窗贴着漆黑塑膜，令人联想起深海里栖息的拥有特殊皮肤与器官的生物。两人一组的年轻警官神色紧张地在同一条街道上巡逻，但几乎无人对他们投去一瞥。此时的街市正遵循其自身的原理运转。季节正值晚秋，虽然无风，空气却很冷。再过不久，就将迎来新的一天了。

我们在丹尼餐厅里。

尽管了无情趣却也足够的灯光，神情漠然的摆设与餐具，由经营工学专家们精密计算过的店面规划，轻声流淌的无害的背景音乐，训练有素的店员们。“欢迎光临丹尼餐厅！”不论截取店铺的哪一处，都是由可以置换的匿名事物构成的。店内近乎满座。

我们对店内巡视了一番，目光停留在靠窗坐着的一位女子身上。为什么是她，而不是别人？缘由不明。但那位女子不知何故吸引了我们的目光——自然而然地。她坐在可坐四人的餐桌前，正在读书。带帽子的灰色风雪衣配蓝色牛仔裤，似乎洗过多次的颜色褪落的黄旅游鞋。旁边的椅背上斜搭着一件运动夹克，看上去也绝不是新的。看年龄大概像大学新生。虽然不再是高中生了，却隐约留着高中生的气息。一头短发乌黑笔直。几乎没有化过妆的感觉，也没有佩戴任何首饰。纤细小巧的脸庞上戴着黑边眼镜。眉间不时挤出过分认真的皱纹。

她专心地读着书，几乎是目不转睛。那是一本厚厚的硬皮书，包着书店送的书皮，看不出书名来。从她阅读时的严肃表情来看，大约是一本内容艰深的书。有种并非一目十行，而是逐行逐字仔细品读的感觉。

桌子上摆着咖啡杯，搁着烟灰缸。烟灰缸旁边是一顶藏青色棒球帽。波士顿红袜队的标志 B。对于她的脑袋来说，尺码或许太大了些。邻座上放着一只棕色皮挎包。从那鼓鼓囊囊的样子来看，似乎是在匆忙之际将各种东西随手抓来塞了进去。每隔一段固定的时间，她便将咖啡杯端起来送往唇边，看上去不像在品尝滋味。不妨说仅仅是因为咖啡就放在眼前，为了尽义务才喝。她像偶然想起来似的将香烟叼在唇间，用塑料打火机点燃，眯起眼睛，漫不经心地将烟雾吐向空中，再把烟放在烟灰缸上，然后像是要抑制头痛的预感，用指尖抚着太阳穴。

店内低声流淌着珀西·费斯乐队的《走开，女郎》。当然谁都没有听这种东西。形形色色的人在深夜的丹尼餐厅进餐、喝咖啡，女客却只有她一人。她不时从书上抬起脸来，瞥一眼手表，然而时间似乎止步不前。但好像也不是与人约在这儿见面，她既不环顾店内，也不瞟视门口，只管独自一人埋头读书，不时点燃香烟，机械地举杯喝一口咖啡，期盼着时光尽快流逝。但不必说，距离黎明的到来还有很长时间。

她不再读书，看向窗外。从二楼窗口可以俯瞰繁华的街道。尽管夜已深，街道却依然灯火通明，人来人往。有家可归的人，无家可归的人；有目的的人，无目的的人；试图阻留时间脚步的人，意在推动时间前行的人。她眺望片刻这令人茫然的街道，调整呼吸，将视线重新收回书上，把手伸向咖啡杯。香烟没吸过几口，便在烟灰缸上化作形状完整的灰烬。

入口的自动门开启，一位细高个的年轻男子走进店来。黑色皮质短大衣，皱巴巴的橄榄绿卡其布裤子，茶色工作靴。头发相当长，蓬松凌乱。或许是这几日碰巧没有机会洗头，也可能是刚从灌木丛深处钻出来，再不就是将头发弄得乱蓬蓬的对他而言是自然而然、令人心安的状态。身材瘦削，但与其说是苗条，不如说给人营养不良的印象。肩上背着大大的黑色乐器盒。管乐器。此外还拎着一只脏兮兮的大手提袋，里面似乎塞满了乐谱之类的零碎杂物。右颊上有一处引人注目的疤痕，一道短短的伤疤，仿佛是用利器剜出来的。除此以外，并无特别醒目之处，是个极其普通的青年，身上有种好似迷路的、性格和善但不够机灵的杂种狗的感觉。

负责领座的女招待迎上前，将他领往里面的座位，走过读书女子的桌旁。年轻男子已经走了过去，却忽然若有所悟似的停下，像倒胶卷一般慢慢向后退，走到她的桌旁。然后歪着脑袋，饶有兴味地望着她的脸，在脑海中追寻着记忆。追忆很费时间。看来他属于那种不论做什么事情都很费时间的类型。

女子有所察觉，从书上抬起脸来，眯着眼睛，瞅着站在那里的年轻男子。由于对方身材高挑，她仿佛在仰视一般。两人视线交汇。男子微微一笑。是为了表明自己并无恶意的微笑。

他招呼道："喂，要是我没弄错的话，你不就是浅井爱丽的妹妹么？"

她不语，用眺望院落一角过于丰茂的灌木般的眼神，盯着对方的面孔。

"咱们以前见过一面。"男子继续说道，"呃……你的名字好像是叫尤丽，跟你姐姐是一字之差。"

她依旧保持着高度警惕的视线，简洁地更正："玛丽。"

男子将食指指向天空。"对对，是玛丽。爱丽和玛丽，一字之差。你一定不记得我了吧？”

玛丽微微歪了歪脑袋。搞不清她是在说对还是不对。她摘下眼镜，搁在咖啡杯旁。

女招待退回来，问道：“您二位是要坐在一起吗？”

“嗯，对。”他答道。

女招待将菜单摆在桌子上。男子在玛丽对面坐下，把乐器盒放在邻座，然后像刚想起来一般问玛丽：“我可以在这里坐一会儿吗？吃完饭马上就走。还得赶去赴约呢。”

玛丽微微皱起眉头。“这种话，不是一开始就该问么？”

男子思索着此话的意思。“你是在这里等人？”

“那倒不是。”玛丽说。

“这么说，是事关礼貌？”

“对。”

男子点头。“那倒是。没错，我是该一开始就问能不能跟你同座。向你道歉。不过店里人太多，我又不会打搅你太久。行吗？”

玛丽微微耸肩，似乎是说悉听尊便。男子翻开菜单浏览。

“你吃过了吗？”

“我肚子不饿。”

男子神情严肃地看了一通菜单，啪的一声合上，放到桌子上。“其实根本不必看菜单。我不过是装装样子罢了。”

玛丽一言不发。

“在这家店里，我只吃鸡肉色拉。一定之规。照我说，在丹尼餐厅值得一吃的，也就是鸡肉色拉了。这菜单上有的，我差不多全都试过一遍。你吃过这家的鸡肉色拉没有？”

玛丽摇头。

“不错哟。鸡肉色拉和烤得嘎嘣脆的吐司。在丹尼餐厅，我只吃这两样。”

“那你干吗还要一页一页翻看菜单呢？”

他用手指将眼角皱纹抚平。“我说啊，你开动脑筋想想看。走进丹尼餐厅，连菜单都不瞧一眼，张口就喊：来一份鸡肉色拉！那不是太没劲了吗？那样一来，不像唯一的乐趣就是吃那份鸡肉色拉，才一个劲儿往丹尼餐厅跑吗？所以我总是装模作样地先翻翻菜单，假装是看了一遍才决定要一份鸡肉色拉的。”

女招待送来冰水，他点了鸡肉色拉和烤得嘎嘣脆的吐司。“要烤得嘎嘣嘎嘣的。”他强调说，“差一点点就要烤焦的那种。”再加一杯餐后咖啡。女招待将他点的东西输入手中的机器，念出声来确认。

“还有，这位女士好像要再来一杯咖啡。”他指着玛丽的咖啡杯说。

“好的。咖啡马上送来。”

女招待退下去，男子望着她的背影。

“你不喜欢吃鸡肉吗？”他问。

“也不是。”玛丽说，“但我在外边一般不吃鸡肉。”

“为什么？”

“因为像连锁店这种地方的鸡肉，天晓得喂过什么莫名其妙的怪药，像生长激素一类的东西。鸡被关在黑咕隆咚的小笼子里，打了很多很多针，拿含有化学物质的饲料喂大，然后放到传送带上，用机器嘎巴嘎巴拧断脖子，再用机器拔光鸡毛。”

“哇噢！”他说道，随后微笑。一笑起来，眼角的皱纹变得更深了。“乔治·奥威尔[①]式的鸡肉色拉。”

玛丽眯起眼睛，看着对方的脸。她无法断定自己是否受到了揶揄。

“这话先不提，他们的鸡肉色拉味道倒是挺不错的，真的。”

他这么说着，像忽然想起来似的脱去皮大衣，叠好放在邻座，然后在桌子上呵哧呵哧地搓着双手。外套下面穿着一件绿色圆领粗针毛衣。衣服上的毛线和头发一样，处处蓬松凌乱。看来他是那种不修边幅的类型。

“上次见到你，是在品川那家宾馆里的游泳池，对吧？两年前的夏天。你记不记得？”

“似乎有点印象。”

“我的一个好朋友，你姐姐，你，还有我。一共四个人。我

① George Orwell（1903—1950），英国小说家、评论家，著有《1984》《动物农场》等讽刺极权体制的小说。（无特殊说明，全书均为译注）

们刚刚考进大学，你好像是高二学生，对不对？”

玛丽似乎索然无趣地点头。

“我的好友当时在和你姐姐谈恋爱，所以把我也喊上了，有点像四人约会。不知从哪儿搞来了四张宾馆的游泳票。于是，你姐姐就把你带上了。可是你连话都不肯张口说一句，只管泡在游泳池里，像正在长身子的海豚一样游个不停。后来大家一起到宾馆的咖啡店吃冰激凌。你点了桃子冰激凌。”

玛丽皱起眉。“你怎么把这些细节记得这么牢？”

“我从来没有和吃桃子冰激凌的女孩子约会过，再说，你非常可爱哦。”

玛丽冷漠地望着对方的脸。“说谎。你难道不是死盯着我姐姐看来着？”

“是那样吗？”

玛丽用沉默作为回答。

“也许是有过那样的事。”他承认道，“不知为何，我记得很清楚，她穿的泳装好小。”

玛丽拿出香烟衔在口中，用打火机点燃。

“我说啊，”他说，“可不是袒护丹尼餐厅，不过我觉得，比起吃没准真有点问题的鸡肉色拉，抽一盒烟只怕对身体更不好呢。你不这么觉得？”

玛丽对这个问题置之不理。

“那一次，本来应该是别的女孩子去的，可事到临头她走不开了，结果把我硬拖去顶她，说是凑数。”她说道。

“怪不得你不太开心。”

“但我还记得你。”

“真的？”

玛丽指指自己的右脸颊。

男子抚摸着面颊上深深的伤痕。“哦，你是说这个么。小时候骑自行车，骑得太快了，结果下坡转弯时车子失控。再偏两厘米右眼就要失明了。耳垂也变了形，想不想瞧瞧？”

玛丽皱起眉，摇头。

女招待将鸡肉色拉和吐司送上来，往玛丽的咖啡杯里倒入新的咖啡，之后检查所点的菜是否上齐。他拿起刀叉，手法娴熟地开始吃鸡肉色拉。然后把吐司拿在手上，直勾勾地看着，皱起眉头。

“哪怕你再三叮嘱，说要烤得嘎嘣嘎嘣的，他们也绝不会按照你的要求烤出一块吐司来。真搞不懂呀。凭着日本人的勤奋和高科技文化，再加上丹尼餐厅追求的市场原理，要烤出一块嘎嘣脆的吐司来，不至于有多大困难嘛。你说是吧？可为什么就办不到呢？连一块吐司都没法按客人要求烤出来，这种文明又价值何在？”

玛丽没答理他。

“你姐姐那时候好漂亮。”他自言自语般说道。

玛丽抬起脸。“这话干吗用过去时？”

“没什么特别的意思……只是因为在谈论往事，才用过去时。我可没有说她现在不漂亮的意思。”

“现在好像照样很漂亮。”

“那好啊。但老实说，我对浅井爱丽并没有多少了解。在高中倒有一年是同班同学，可当时也没正经说过几句话。其实应该说，是她没怎么注意过我。”

“你对她挺关注的吧？”

男子将刀叉停在空中，略一沉吟。“关注？这个嘛，应该算是求知欲一类的东西。”

“求知欲？”

“比如说，如果和浅井爱丽那样的大美人约会，到底是怎样一种心情呢？诸如此类。她可是个常上杂志的封面女郎哟。”

“这也算是求知欲？”

“其中一种吧。”

“可那时候和爱丽谈恋爱的是你的朋友，你只是个陪衬人吧？”

他一面大口咀嚼着食物，一面点点头。不慌不忙地花时间咀嚼。

“怎么说呢，我应该算是个低调的人。聚光灯不适合我。做个配菜反倒更合适，像卷心菜丝呀，炸薯条呀，威猛乐队的一员小兵[1]之类的。”

“所以被安排跟我做伴啦。”

“不过，其实你当时也是很可爱的。”

“对了，你这个人莫不是那种讲话爱用过去时的性格？”

男子微笑。“那也未必，我只不过是从此时此刻的立场出发，坦率地把当时的心情表达出来。你那时很可爱，真的。虽然你几乎没答理我。”

他把刀叉放在盘子上，端起杯子喝水，用纸巾擦拭嘴角。

“所以在你游泳时，我问浅井爱丽，为什么你妹妹不理我？是我有什么问题么？”

“她怎么说的？”

“她说你从来不会主动跟别人搭腔。说你有点怪，明明是个日本人，可日本话还没有中国话说得多。所以不必介意。她说并不是我有什么问题。”

玛丽不语，将香烟在烟灰缸中摁灭。

“不是我有什么问题吧？”

玛丽沉吟片刻。“我记得不太清楚了，但好像不是因为你有问题。”

①威猛乐队（Wham!）成立于1981年，由乔治·迈克尔（George Michael）和安德鲁·维治利（Andrew Ridgeley）组成。此处说法可能指两名成员早期加入的五人乐队“The Executive”。

“那太好了。我还真有点不放心呢。当然我身上是有点问题的，可是你瞧，说到底都是我自身的内部问题，要是那么外露无遗的话，该有多糟糕呀。尤其是在暑假的游泳池边。”

玛丽像在确认一般再度盯着对方的脸。“我好像没有察觉内部问题。”

“那我就放心了。”

“但想不起名字来了。”玛丽说。

“是说我的名字么？”

“嗯。”

他摇头。“忘了也没关系。一个平庸到了极点的名字。有时候连我自己都想忘得一干二净。只不过自己的名字这东西，可不是那么容易忘掉的。别人的名字，就连非记住不可的，也会一忘再忘呢。”

他仿佛在寻觅某样不该丢失的东西，倏地瞥了窗外一眼，随即又望着玛丽。

“我一直觉得奇怪，为什么你姐姐那天一次也没有下水？天气那么热，我们又特地来了气派的游泳池。”

玛丽露出怎么连这种事情都不懂的表情。“那是害怕化的妆会褪掉呀。这有什么奇怪的。而且，那种泳装其实是根本没法下水游泳的。”

“是吗？”他说，“就连同胞姐妹，生活方式原来也会大不一样啊。”

“各人都有自己的人生路嘛。”

男子对她说的话想了片刻，然后开口道：

“为什么我们都得走各不相干的人生之路呢？我的意思是说，就像你们姐妹俩吧，同父同母所生，在同一个家庭里长大成人，又同是女孩子，性格怎么会差得这么远呢？那个岔路口究竟是在什么地方出现的？一个穿着只有手旗大小的比基尼，魅力四射地斜躺在泳池边，另一个却套着一身好像学校里上体育课时穿的泳装，像海豚一样在水里游来游去……”

玛丽看着对方的脸。“要我现在用不到两百字在这里做个说明么？在你吃完这份鸡肉色拉之前？”

男子摇头。“哪里，我不是这个意思。可能是出于好奇吧，我只是把浮上脑际的念头说出来罢了。你不必回答。我不过是在追问自己。”

然后他打算继续对付鸡肉色拉，但念头一转又接着说道：

“我没有兄弟姐妹，所以只是单纯地想知道，兄弟姐妹之间究竟会相似到什么地步，又会有怎样的不同。”

玛丽不语。男子手持刀叉沉思着，望了一会儿餐桌上方的空间。

他说：“我读过一个故事，说的是兄弟三人漂流到了夏威夷的某个小岛上。那是个神话，很久以前的。我是小时候读到的，情节已经记不清楚了。大致是这样一个故事：年轻的三兄弟出海打鱼，遇上风暴在海上漂流了好多天，终于漂到了一个无人居住的海岛岸边。那是个美丽的海岛，生长着椰子树之类，累累果实压弯了枝头，岛中央耸立着一座高山。当天晚上，上帝出现在三兄弟的梦里，告诉他们，在前面的海岸边，你们会看到三块圆形的大石头，你们每人推着一块石头，想去哪儿就去哪儿，石头停下的地方就是你们各自的安居之地。你们去的地方越高，看到的世界就越远。要去什么地方，完全由你们自由决定。”

男子喝口水，歇口气。玛丽假装毫无兴趣，其实却在侧耳倾听。

“到此为止，没有问题吧？”

玛丽微微点头。

“想听下去吗？要是你不感兴趣，我就不往下说了。”

“要是不长的话。”

“不太长。故事比较简单。”

他又喝了口水，然后继续讲故事。

“按照上帝说的，兄弟三人在海岸边找到了三块大石头，然后按照上帝教的推动那些石头。石头非常重，推起来很费力，还得沿着坡道往上推，苦不堪言。最小的弟弟最先叫起苦来。‘哥哥，我就待在这儿了。这儿离海边近，还能捉到鱼吃，活下去不成问题。至于世界么，看不到那么远也没啥大不了。’两个哥哥继续往前走，到了半山腰老二又叫起苦来。‘哥哥，我就待在这儿了。这儿结了这么多水果，活下去不成问题。至于世界嘛，看不到那么远也没啥大不了。’老大仍然沿着坡道往上爬。路越来越窄越来越险，可是他毫不气馁。他生来就性格坚强，而且想看到遥远的世界。于是他竭尽全力，继续往上推动石头。花了好几个月时间，几乎不吃不喝，终于把那块大石头推到了高山顶上。他停下来眺望世界。此刻他比任何人看得都远。那儿就是他的安居之地，连草也不生长，甚至鸟儿都不飞来。水呢，就只能靠舔舔冰和霜；食物呢，也只能靠啃啃青苔。但他没有后悔，因为他能眺望整个世界……就这样，在夏威夷那座海岛的山顶上，至今仍然有一块巨大的圆石孤零零地立着。就是这样一个故事。”

沉默。

玛丽提问了。

“这个故事里含有什么教训吗？”

“教训大概有两条。一个是，”他竖起一根指头，“人和人是各不相同的，哪怕是亲兄弟。第二个是，”他竖起第二根指头，“想真正获得什么知识，人们就必须付出相应的代价。”

“我倒觉得老二老三选择的人生好像更正常些。”玛丽表述了意见。

“那倒也是。”他承认，“既然来到了夏威夷，谁都不愿光靠舔霜吃苔过日子吧。的确。不过老大有着浓厚的好奇心，想看到更远的世界，他抑制不住这种好奇。不管得为此付出多大的代价。”

“求知欲。”

“对对。”

玛丽沉思着，一只手放在厚厚的书上。

“就算我彬彬有礼地问你在看什么书，你恐怕也不会回答吧。”

“大概。”

“这书看上去很沉哪。”

玛丽不语。

“不是女孩子一般会放在包里带来带去的那种尺寸。”

玛丽依然保持沉默。他只得作罢，又继续进食。这次他一言不发，集中心思对付色拉，最终全部吃光。耗费时间咀嚼，喝了许多水，几次请女招待续水，直到吃完最后一块吐司。

“你家好像是住在日吉那边吧？”他说道。空了的餐盘已经撤下去了。

玛丽点头。

“那你已经赶不上末班车了。坐出租车的话另当别论，要是想坐电车，就只好等到明天早上了。”

“这个用不着你提醒。”玛丽说。

“那样自然好。”

“不知道你住哪儿，但不也一样赶不上末班车了么？”

“高圆寺。反正我是一个人过日子，今天还得一直排练到天亮。万一需要的话，还有同伴的车子呢。”

他咚咚地轻轻敲击身旁的乐器盒，就像拍打爱犬的脑袋。

“我们乐队在附近的大楼地下室里排练。”他说，“在那儿练，弄出多大的响动都不会有人抱怨。因为暖气不足，这个季节冷得够戗，但人家不收使用费，可不能要求太高啦。”

玛丽瞟了一眼乐器盒。“那，难道是长号？”

“是的。你知道得真清楚。”他惊奇地说道。

“长号的形状总是知道的。”

“嘿，但世上连长号这种乐器的存在都不知道的女孩子，为数可不算少哦。呃，没办法。米克·贾格尔也好，埃里克·克莱普顿也好，都不是靠吹长号吹成大明星的。吉米·亨德里克斯和皮特·汤森有没有在舞台上砸烂过长号？不太可能吧。大家都千篇一律地专砸电吉他。砸长号只会招人耻笑。”

“那你为什么选择长号作为自己的乐器？”

男子往送上来的咖啡里加入奶油，啜了一口。

“读初中的时候，我偶然在旧唱片行里买了一张爵士乐唱片《布鲁斯小曲》，很旧很旧的密纹唱片。我怎么会买这种东西呢？想不起来了。因为爵士乐什么的我可从来没有听过。但总而言之，A 面第一支曲子就是《天黑后的五元酒吧》，美妙至极。吹长号的是柯蒂斯·福勒[1]。头一次听到时，我觉得简直如同醍醐灌顶，

① Curtis Fuller（1932—2021），美国爵士乐长号手和作曲家。

心想这才是属于我的乐器。我与长号。宿命的邂逅。”

男子哼起了《天黑后的五元酒吧》开头的八小节。

“我知道的。这支曲子。”玛丽说。

他露出莫名其妙的表情。“你知道？”

玛丽哼起了接下去的八小节。

“你怎么会知道？”他问道。

“不该知道么？”

男子放下咖啡杯，轻轻摇头。“不是不应该……但让人有点难以置信，如今居然还有女孩子知道《天黑后的五元酒吧》……好了，不说这个了。总之我被这个柯蒂斯·福勒彻底迷住了，便开始学习吹长号。向父母借钱买了一支旧乐器，参加了学校里的吹奏乐部，进了高中又学着样子搞起了乐队。一开始做摇滚乐队的伴奏，就像从前的电力塔乐队[①]那样的东西。你知道‘电力塔’吗？”

玛丽摇头。

他说：“没关系。以前搞那种东西，现在纯粹是搞朴素的爵士乐。我念书的那所大学不怎么样，但乐队还不赖。”

女招待过来续水，他谢绝了，瞟了一眼手表。“到时间了。我差不多该走啦。”

---

① Tower of Power，活跃于20世纪70年代的美国乐队，融合了灵魂乐、放克、爵士和摇滚，以强劲的铜管乐为特色。

玛丽无言，露出一副谁也没拦你的表情。

“不过，反正大家都迟到。”他说。

玛丽对此未予置评。

“哎，代我向你姐姐问声好，可以么？”

“这种话，你自己打电话说不就行了？你大概知道我家的电话号码吧。什么问好不问好的，我连你的名字都不晓得呢。”

他略一沉吟。“可是往你家里打电话，万一浅井爱丽来接，我又该说什么才好呢？”

“你就不会随便编个理由么？什么商量高中同学聚会之类的。”

“我这人本来就不太善于讲话。”

“你好像跟我说了很多话嘛。”

“跟你不知为何倒有话说。”

“跟我不知为何倒有话说。”玛丽重复对方的话，“但面对我姐姐，就没法好好说话了，是么？”

“可能。”

“是因为求知欲过盛的缘故？”

他脸上浮现出一种似乎不知该怎么作答的暧昧表情。仿佛心中有话，却又欲说还休。他长长叹了口气，然后从桌上拿起账单，在脑子里计算金额。

“我把该付的那一份放在这里，待会儿帮我一起付掉，行吗？”

玛丽点头。

男子瞟了一眼她和她的书，略一犹豫，说道：“我说啊，也许是我多管闲事——是出啥问题了吗？比如说跟男朋友关系不好，跟家里人大吵了一场之类的。我是说你一个人在外边过夜的事。”

玛丽戴上眼镜，抬头直勾勾地看着对方的脸。飘拂于其间的沉默致密而冷峻。男子举起双手，将掌心朝向她，仿佛是说：恕我多话，对不起。

“早上五点来钟，我大概还会来这里简单吃点东西。”他说，“反正肚子会饿。到时候能看到你就好了。”

“为什么？”

“是啊，为什么呢？”

“因为担心？”

“也有这个原因。”

“是要我向姐姐转达问候？”

“或许也有那么一点儿原因。”

“我姐姐肯定连长号和烤箱之间的区别都不清楚。至于古驰和普拉达的区别，她倒是一眼就能看出来。”

“人人都有不同的战场。”他微笑，然后从外套口袋中掏出记事本，用圆珠笔写下什么，把那一页撕下来递给她。

“这是我的手机号码。万一有什么事情，你就往这里打电话。呃……你有手机吗？”

玛丽摇头。

“我猜就是。”他赞许般说道，“是直觉在对我耳语，说这个小姑娘肯定不喜欢手机。”

男子拎起长号盒子，站起身，穿好皮大衣。脸上仍然残留着微笑的影子。“再见。”

玛丽面无表情地点头，看也不看接过来的纸片就放在账单旁边，然后调整呼吸，托着下巴又读起书来。店内低声流淌着波特·巴克拉克的《愚人节傻瓜》。

2

23:57

房间里很暗。但我们的眼睛逐渐适应了黑暗。一个女子睡在床上。美丽的年轻女子。是玛丽的姐姐爱丽。浅井爱丽。并没有人告诉过我们，然而不知何故，我们心下明白。她的黑发如满溢出来的幽暗的水，铺展在枕上。

我们变成一个视点，注视着她的身姿。或许应该称作偷窥。视点化作浮游于空中的摄像机，能够在房间里自由自在地移动。此刻，摄像机位于床的正上方，捕捉她的睡容。每隔一定时间便切换角度，如同人们眨眼一样。她那形状美丽的小嘴唇抿成一条直线。乍一看似乎不见呼吸的迹象，然而凝眸细看，可以辨认出喉咙处偶尔会有细微的、极其细微的颤动。她在呼吸。

她枕着枕头仰卧，像在凝视天花板一般。但实际上什么也没看，眼睑闭合着，似乎变成了冬季坚硬的花蕾。睡得很深，应该连梦都没做。

注视着浅井爱丽的身姿，我们逐渐感觉到在这睡眠中有某种非同寻常之处。她的睡眠是如此纯粹，如此完整。连面部肌肉和眼睫毛都纹丝不动。纤细白皙的脖颈保持着工艺品般浓密的静谧，小巧的下巴好似形态优美的岬角，指向端正的角度。纵使睡得再熟，人类也不可能涉足如此深邃的睡眠秘境，不可能将意识放弃得如此全面彻底。

然而在与意识的有无不相干的地方，保全生命所需的肌体功能却得以维持。最低限度的呼吸与心跳。她的存在似乎被置于将无机性与有机性分隔开来的狭窄门槛上——悄然地，小心翼翼地。可是这样一种状态究竟是为了什么、又是怎么产生的，我们还无从知晓。浅井爱丽深深陷入完美的睡眠状态，仿佛被湿润的蜡严严实实包裹着全身。显而易见，其间有着与自然不相容的东西。此时此刻，我们能够判明的只有这些。

摄像机缓缓向后拉开，传达出房间的完整布局。随后又转入细节观察，以寻觅线索。房间的装饰绝不花哨，不足以了解主人的情趣和个性。若非仔细观察，甚至看不出这里居然是年轻女子的房间。洋娃娃、布玩偶、首饰之类的东西在哪儿都找不到。也没有招贴画，甚至连挂历都没有。靠窗有一张旧木桌和一把转椅。

窗上拉着卷帘。桌上是式样简洁的黑色台灯、最新式的笔记本电脑（闭合着未打开）。马克杯里插着几支圆珠笔和铅笔。

靠墙一侧有张简素的单人木床，浅井爱丽正睡在上面。没有图案的雪白床罩。固定在对面墙上的架子里搁着小型组合音响，还摞着一堆 CD 盒。旁边是电话和十八英寸电视机。带镜子的梳妆台，镜子前只放着润唇膏和小小的圆梳子。墙上有大得可以容人进出的壁橱。架子上摆的五个镶照片的小镜框几乎就是唯一的装饰。那些全是浅井爱丽自己的照片，每张都只拍了她一个人，没有与家人或朋友的合影。而且一律是摆出模特儿姿势的职业照，大概是在杂志上刊登用的。虽然有个小小的书架，上面的书却寥寥可数，而且多为大学上课用的教材，此外就只有一堆大开本的时装杂志了。看来很难称她为读书人。

我们的视点作为虚拟的摄像机，将房间里的这些事物逐一拾进镜头，投入时间仔细地拍摄。我们是肉眼看不见的无名入侵者。我们看，侧耳静听，嗅闻气味。然而从物理学角度来说，我们并不存在于这里，也不会留下痕迹。也就是说，我们恪守着与正统的时间旅行者相同的规则。我们观察，却不介入。但说老实话，能从这个房间提取的关于浅井爱丽的信息绝对算不上丰富。我们有这样的印象——她的人格被预先悄然隐藏于某处，巧妙地逃过了观察的眼睛。

床头，数字式电子钟无声而踏实地更新着时间。此时此刻，房间里表现出动感的东西便只有这座钟了。配备着电子装置的小心翼翼的夜游生物。绿色的液晶数字避开众人的眼睛，流畅地更新交替。此刻的时间为半夜十一时五十九分。

作为我们视点的摄像机结束了对细节的观察，暂且后拉，再度扫视整个房间。继而不知所措似的久久维持着这个广角视野。视线在此间暂时固定于一点。寓意深长的沉默持续着。然而不久，又若有所悟似的驻目于室内一隅的电视机，朝着那里抵近。那是一台正方形黑色 SONY 电视。屏幕暗着，宛如月亮的背面一般死寂。但是摄像机好像探知到了某种迹象，或某种类似征兆的东西。画面切换为特写。我们在不言不语之中与摄像机共享这种迹象或征兆，凝视着画面。

我们等待。屏住气息，侧耳倾听。

时钟显示出 0:00 这个数字。

耳际传来嗞嗞嗞的电流杂音。与此同时，电视屏幕获得一缕生命，开始微弱地闪烁。难道是有人不知不觉走过来，把电视打开了？或是事先设定了启动时间？不对，两者都不是。摄像机周到地转到机器背后，揭示出电视机的电源插头已经拔掉。对了，这台电视机真的处于死寂状态，理应又僵又冷，保持着夜半的沉默。在逻辑上，在理论上。然而，它却没有死。

扫描线出现在屏幕上，闪烁跳跃，模模糊糊，倏然消失。然后扫描线再度浮现。其间嗞嗞嗞的杂音持续不绝。须臾，画面上开始出现图像。图像渐渐成形，但很快又如斜体字一般倾斜变形，像火苗被强风吹散般倏地消失了。随后又从头重复一遍相同的情形。图像竭尽全力，东倒西歪地想要立起，试图将其中的某种东西具象化。然而颇难成形。图像如接收天线被强风摇撼着一般歪歪扭扭。信息七零八碎，轮廓受损逸散。摄像机原原本本地将这番挣扎展现给了我们。

熟睡的女子似乎没有觉察到室内的这种异变，对电视机发出的肆无忌惮的光亮与声响也全无反应，在设定的完结性中径自静静熟睡。此时此刻什么东西都不可能扰乱她深沉的睡眠。电视机是这个房间新的入侵者。当然我们也是入侵者。但和我们不同，新的入侵者既不安静，也不透明，更不中立。它**企图介入**这个房间，这一点毫无置疑的余地，单凭直觉便能感知到这种意图。

电视图像尽管忽闪忽灭，却逐渐稳定。画面上映出某个房间内部的情形。房间相当大，似乎是办公楼里的一间，又像是什么教室。有巨大的开放式玻璃窗，天花板上排列着众多荧光灯。却看不到家具。不对，仔细望去，大致在房间的正中央放着唯一一把椅子。那是木制的旧椅子，有靠背，没有扶手。一把实用而朴素的椅子。上面坐着一个人。图像尚欠稳定，关于坐在椅子上的人，我们只能辨认出轮廓模糊的剪影。屋子里飘漾着一种长期弃置的场所特有的萧瑟气氛。

将影像向这边传送（似乎是如此）的电视镜头，小心翼翼地朝着椅子凑近。从体态来看，上面坐着的大概是个男人。此人身体微微前屈，脸向着前方，望上去似乎正陷入深深的思考。他身着暗色服装，脚穿皮鞋，面孔看不清楚，身材似乎并不高，稍稍有点瘦削。年龄还无法断定。就在我们从不清晰的画面中逐一收集这样的信息之际，图像还不时像忽然想起来一般出现混乱。噪音在起伏与升高。但这些障碍并没有持续多久，图像很快恢复正常，噪音也平息下来。画面经历了一番摸索与挫折，毫无疑问正逐步趋于稳定。

在这个房间里，的确将要发生什么事情。恐怕是具有重大意义的**什么**事情。

3

0:25

与之前相同的丹尼餐厅里。此刻流淌着的BGM[①]是马丁·丹尼乐团的《更多》。相比于三十分钟之前，客人显然少了很多。交谈声也听不见了。夜似乎更深了。

玛丽坐在桌边，仍然在读那本厚书。她面前放着一盘几乎不曾动过的蔬菜三明治。看样子并非为了填肚子，而是为了多坐些时间才点的。她不时心血来潮般变换读书的姿势。或是将手肘抵在桌上，或是深深地缩进坐椅里。有时仰脸做深呼吸，查点一下店内的客流状况。然而除此之外，她始终非常认真地阅读。看来注意力是她重要的个人资产。

① Background Music，背景音乐。

单身客似乎变多了。有人在用笔记本电脑写东西，也有人用手机收发邮件，还有人像她一样在入迷地看书。更有人无所事事，盯着窗外若有所思。兴许是无法入眠，也可能是不打算睡觉。家庭餐馆对于这样的人来说，是深夜里绝佳的栖身之所。

一个身材魁梧的女人像是等不及玻璃门自动开启一般，匆匆冲入店内。她体格壮硕，却并不臃肿。肩膀也宽，看上去很壮实。一顶黑色绒线帽深深地扣在脑门上，宽大的皮夹克配橘黄裤子。两手空空。那副剽悍的风貌引人注目。甫一进门，女招待便迎上前去："您就一位吗？"她置若罔闻，锐利的目光飞速地扫视店内。一发现玛丽的身影，就有了目标，大步流星地向她走去。

她走到玛丽桌前，一言不发地在对面座位上坐下，身形尽管粗壮，动作却敏捷利索。

"呃，打搅你一下。"那女人说。

正全神贯注看书的玛丽抬起头，才发现对面坐着一个素不相识的高大女人，吓了一跳。

女人摘下绒线帽。她头发染成艳丽的金色，剪得短短的，像修剪得整整齐齐的草坪。脸盘宽阔，仿佛饱经风吹雨打的雨具般硬邦邦的，左右也不够对称。然而仔细观察，却能从中发现某种令人心安的东西。那大概就是与生俱来的亲和力。她将嘴唇弯向一侧微微一笑，算是致意，用厚厚的手掌使劲抚摸头发。

女招待走过来，按规矩打算把冰水和菜单放到桌上，她摇摇手谢绝。“不用了，我马上就走。不好意思。”

女招待面露不知所措的微笑，走开了。

“你就是浅井玛丽吧？”女人说。

“啊，是我……”

“是高桥告诉我的。说你可能还在这儿。”

“高桥？”

“高桥哲也。那个高个子、长头发的瘦瘦的家伙。吹长号的。”

玛丽点头。“哦，是他啊。”

“高桥告诉我说，你能讲一口流利的中国话。是么？”

“如果是日常会话，问题不大。”玛丽谨慎地回答，“流利还说不上。”

“那好，麻烦你跟我来一下，行不行？我那儿有个中国女孩，情况有点不妙。可她又说不来日语。到底出了什么事，我们都莫名其妙。”

玛丽一头雾水，但还是插好书签，把书合上推到一边。“情况不妙？”

“受了点伤。就在这附近，走两步路就到。不会给你添麻烦的。你只要帮我们翻译一下到底发生了什么事就行。我会报答你的。”

玛丽有点犹豫，但看对方的长相显然不像恶人，便将书放进挎包里，穿上运动夹克。正要去取桌子上的账单，那女人已经一把抢了过去。

“这个我来付。”

“不用。是我自己点的。”

“别别，一点钱。就让我来吧。”

站起身来，便知道这女人比玛丽庞大许多。玛丽是个娇小的女孩，对方却结实得像存放农具的仓库一般。身高总有一米七五吧。玛丽便作罢了，听任她掏腰包付账。

两人走出丹尼餐厅。虽然已是半夜，外面街上却仍旧热闹非凡。电玩中心的电子音，卡拉 OK 店的拉客声，摩托车的排气声。三个年轻男人百无聊赖地坐在紧闭的铁卷帘门前，见玛丽和那个女人从面前走过，他们似乎兴趣盎然，仰起脸直勾勾地盯着看。大概是觉得这对组合看上去颇为奇妙，然而却一言不发，只是直勾勾看着。卷帘门上用喷漆喷满了涂鸦。

“我叫小薰。虽然身材跟小薰这个名字一点也不般配，但一生下来就叫这个哟。”

“请多关照。”玛丽说。

“对不起，忽然把你喊出来。吓了一大跳吧？”

不知道该如何作答，玛丽沉默不言。

“你那包，我帮你拿着吧。好像很沉？”小薰说。

“没关系。”

“里面装的什么？”

“书啦，换洗衣物啦……”

“不是离家出走吧？”

“那倒不是。”玛丽说。

“不是就好。”

两人继续走路。离开闹市区，踏上一条小路，沿着坡道往上走。小薰疾步前行，玛丽紧随其后。她们爬上阒无人影的昏暗台阶，来到另外一条大街上。看来台阶是连接两条大街的近道。几家小吃店的招牌还明晃晃地亮着，却丝毫感觉不到有人的气息。

“就是那家‘情旅’。”小薰说。

“情旅？”

“情人旅馆。恋爱客栈。一句话，干那种事的地方。那儿不是有块写着‘阿尔法城’的霓虹招牌么？就是那里。”

玛丽听到这个名字，不由得看了看小薰的脸。“阿尔法城？”

“没关系。不是什么怪地方。我就是那家旅馆的经理。”

“那儿有人受伤了么？”

小薰边走边回头道：“对。这事儿有点棘手。”

“高桥也在那儿？”

“不，不在。他在附近大楼的地下室里参加乐队练习，得一直练到明天早上。大学生们可真快活。”

两人走进旅馆“阿尔法城”的大门。这家旅馆采用的方式是让客人在门厅里查看展示各个房间装潢的照片，挑选中意的房间，再按下写有房号的按钮领取钥匙。随后客人直接搭乘电梯去房间，既不必跟人打照面，也不必与人交谈。价格分为休息与过夜两种。蓝色照明微嫌昏暗。玛丽好奇地东张西望。小薰和里面前台的女职员轻声交谈。

“你大概从没来过这种地方吧？”小薰问玛丽。

“头一次。”

“呃，各色各样的行当都有啊，这世上。”

小薰和玛丽乘坐客用电梯上楼。走过狭窄的走廊，站在写有404号码的门前。小薰轻轻地敲了两下，门立刻从里面打开，一个头发染成鲜红的年轻女子焦虑地探出脸来。瘦瘦的，气色很差，穿一件肥大的粉红T恤、一条有破洞的蓝牛仔裤。耳朵上戴着大耳环。

“啊，太好了，小薰。怎么这么久呀，等得快急死了。”红发女子说。

“怎么样？”小薰问道。

“还是老样子。”

“血止住了？”

“啊，总算。用了好多厚纸巾呢。”

小薰把玛丽让进屋，关上门。房间里除了红发女子，还有一个女员工。小个子，黑发盘在头顶上，正用拖把擦地板。小薰向玛丽介绍这两位员工。

“这位是玛丽，就是刚才跟你们说过的，会讲中国话。这个红头发叫小麦，一个怪怪的名字，不过可是真名。在这儿干了好多年。”

小麦和颜悦色地一笑。“你好。”

“你好。”

“那个叫蟋蟀。”小薰说，“这就不是真名了。”

“不好意思。真名早就丢掉不用了。”蟋蟀用关西方言说。她看上去比小麦年长几岁。

“你好。”玛丽说。

房间没有窗户，闷沉沉的。相比于房间的狭小，床和电视机的尺寸大得异样。角落里，一个裸体女子蜷缩着蹲在地板上，用浴巾遮着身体，双手掩面在无声地哭泣。地板上扔着沾染鲜血的毛巾，床单上也染着血。落地灯倒翻在地，桌子上放着啤酒瓶，还剩下大半瓶酒，只有一个酒杯。电视开着，正在播放搞笑节目。观众的笑声。小薰拿起遥控器，关掉电源。

“好像被打得很厉害。”小薰对玛丽说。

“被男人打的么？”玛丽问。

“嗯，被客人打的。”

“客人？是卖淫？”

“对，这个时间段做这行生意的居多。”小薰说，“所以偶尔会闹出些麻烦。为了付钱产生纠纷啦，还有人想玩点变态把戏什么的。”

玛丽咬着嘴唇，整理思绪。

“那么说，这个人只会讲中国话？”

“日语只会讲几个单词。可我们又不能喊警察来。这孩子只怕是非法滞留，而且我们也没那闲工夫左一趟右一趟地跑到警察署做笔录。”

玛丽将挎包从肩头拿下，放在桌上，走到蹲着的女子旁边，弯下身子用中国话搭腔：

“你怎么了？”[①]

女子不知道听没听见，没有回答。她双肩乱颤，抽噎不已。

小薰摇头道：“刺激太大了。她好像狠狠地挨了一顿揍。”

玛丽继续跟女子攀谈：“是中国人吗？”

女子照旧不回答。

“放心吧，我跟警察没关系。”

女子照旧不回答。

“你被他打了吗？”玛丽问。

女子终于点点头。黑色长发摇曳着。

玛丽耐心地柔声与女子攀谈，同一个问题反复询问好几遍。小薰抱着胳膊，忧心忡忡地望着两人交谈。在这期间，小麦和蟋蟀分工打扫房间。将沾染了鲜血的纸巾拢到一起，装进塑料袋里，把弄脏的床单从床上扯下来，浴室里的毛巾换上新的，落地灯放

---

①书中人物所说中文均录自村上原作。

回原处，啤酒瓶和杯子拿走。检查备用品，清扫浴室。两人似乎是老搭档，干起活来十分熟练，没有多余动作。

玛丽蹲在房间角落里与女子交谈。因为语言相通，女子似乎多少恢复了镇定，开始断断续续地用中文对玛丽说明情况。声音非常小，不把耳朵凑上去就无法听见。玛丽一面点头，一面热心地听她讲述，不时还说上两句鼓励她。

小薰从背后轻轻拍了一下玛丽的肩膀，说道："对不起，这个房间还得腾出来给新客人用。我们要把这孩子带到楼下的办公室去，你也一起去好吗？"

"可她一丝不挂，身上穿的一件不剩，都被那个男人拿走了。从鞋子到内衣，一干二净。"

小薰摇头。"那是怕她马上报警，才故意把她剥得精光。真是个恶棍，混账极了。"

小薰从柜子里取出一件薄薄的浴袍，递给玛丽。"先让她穿上这个再说。"

女子无力地站起身，神情恍惚地拿掉浴巾，就这么光着身子，摇摇晃晃地将浴袍往身上披。玛丽慌忙将视线移向一旁。娇小然而美丽的躯体。形状姣好的乳房，光滑的肌肤，阴影般安静的阴毛。年龄大概和玛丽差不多，体态还留着少女的影子。小薰见她步履蹒跚的样子，便搂着她的肩膀走出房间，然后乘坐员工专用的小电梯下楼。玛丽拿着包紧随其后，小麦与蟋蟀则留在房间里继续打扫。

三个女子走进办公室。房间里靠墙堆放着纸箱。有张钢质办公桌，一套简单的沙发。桌上有电脑键盘和液晶显示屏。墙上悬着挂历、装有相田光男[1]书法的镜框和电子钟。有台便携式电视机，小冰箱顶上放着微波炉。进来三个人，房间便显得相当狭窄。小薰让裹着浴袍的中国应召女郎坐在沙发上。她似乎很冷，将浴袍前襟拢得严严实实。

小薰用台灯照着，重新检查应召女面部的伤痕。搬来医药箱，用医用酒精和药棉仔细拭去沾在她脸上的血迹，给伤口贴上创可贴。然后用手指检查鼻梁是否扭曲，翻开眼睑查看眼球的充血状况，用手抚摸头部看看有无肿块。她似乎对这种事习以为常，动作娴熟得惊人。而后从冰箱里取出一块制冷剂模样的东西，用小毛巾卷好递给女子。

“喏，把这个贴在眼睛下面放一会儿。”

忽然想起对方听不懂日语，小薰便比画给她看。女子点点头，照做了。

小薰对玛丽说：“流了不少血，可差不多都是鼻血。所幸没有大伤口，脑袋上没发现肿块，鼻梁骨好像也没断。眼角和嘴唇被打裂了，好在还没到需要缝合的程度。呃，眼圈周围的伤痕大概

①日本著名诗人、书法家。

会发黑，总得一个星期才能消退下去，只怕接客要受影响了。”

玛丽点头。

“力气好像挺大，但打法完全是个外行。”小薰说，“这样乱打一气，自己的手肯定也很疼呀。况且还用力过猛，居然连屋里的墙壁也拼命打，好几个地方被他打出坑来了。看来是火冒三丈，不管前不顾后的。”

小麦走进房间，从堆在墙边的纸箱中取出什么东西。是给四〇四房间补充的新浴袍。

“她说，提包、钱和手机全被那个男人拿去了。”玛丽说。

“该不是不给钱白干吧？”小麦从一旁插嘴道。

“不是的。那个，该怎么说呢……还没开始，她就忽然来了月经。比平时来得早了。于是那个男人怒不可遏……”

“又有什么办法呢？这种事情。”小麦说，“那东西可是说来就来的。”

小薰咋舌道：“行了行了，你别站在这儿说废话，赶快去把四〇四收拾好。”

“是，对不起。”小麦说完，走出办公室。

“看来是正要干那事，女孩子来了月经，男人就怒火冲天大打出手，抢去钱财衣物，脚底抹油溜了。”小薰说，“很有问题哦，那家伙。”

玛丽点头。“她说把床单弄脏了，很对不起。”

“那倒没啥。我们这儿对这种事情早就习惯了。不知道是什么缘故，在情人旅馆里来月经的孩子多得很，常常打电话来，有要卫生巾的，有要止血棉条的。真想告诉她们，我们这里又不是药妆店。但不管怎样得给这孩子穿上点什么。老这个样子不是办法。”

小薰在纸板箱里翻找，拿出装在塑料袋里的内衣。是室内自动售货机卖的那种实用的东西。“是凑合着用的便宜货，不能洗的，暂时先用这东西吧。不穿内裤的话，总会觉得冷飕飕的心神不宁吧。”

然后小薰在柜子里找了一番，找出一套褪了色的绿针织运动衣，递给应召女。

“是一个从前在这儿打工的女孩子留下的。送去洗过了，很干净。也就不用还回来了。脚上穿的东西嘛，就只有塑胶拖鞋了，但总好过光着两只脚。”

玛丽将这些话译给女子听。小薰拉开橱子，取出几片卫生巾，递给应召女。

“这个也拿去用好了。就到那边的卫生间换上。”她边说边用下巴示意卫生间的方向。

应召女点头，用日语道了声谢，抱着递过来的衣物走进卫生间。

小薰坐在办公桌前的椅子上，缓缓地摇头，长叹一声。“干我们这行生意的，嗯，什么事都会遇上。”

“她说来到日本才两个月多一点儿。”玛丽说。

“肯定又是非法滞留了？”

“这我倒没问。听她的口音，好像是北方人。”

“就是从前的满洲？”

“可能。”

“嗯。”小薰说，“这么说来，大概会有人来这儿把她领回去？”

“好像有人在幕后掌控着这行生意。”

“是中国人的组织。这一带的卖淫活动都在他们的控制之下。”小薰说，“用船从中国本土把女孩子偷运过来，让她们卖身偿还偷渡费用。通过电话接生意，然后用摩托把女孩子配送到旅馆去。就和外送比萨饼一模一样哦，送货上门，还热乎乎的呢。也算我这儿的老主顾了。”

“你说的组织，就是像黑社会那样的吗？”

小薰摇头道：“不是不是。我以前是职业摔跤手，参加过一些巡回表演，因此结识了几个黑道上的朋友。但要是和中国人的黑社会组织比起来，日本的黑社会只能算小儿科。总之，那帮家伙什么事都干得出来。不过这个女孩子除了回到那帮家伙身边无路可走。事到如今，没办法挑挑拣拣了。”

“今天的钱没赚到，她会不会受那些人虐待啊？”

“那谁知道呢。不管怎么说，脸蛋被打成那个模样，恐怕一时半会儿做不了这行生意了。赚不到钱的话就一文不值。小姑娘本来很漂亮的呀。”

应召女从卫生间里走出来，一身颜色消退的针织运动衣，一双塑胶拖鞋。衣服胸前有阿迪达斯的标志。脸上明显残留着青斑，头发却梳理得比先前整齐。虽然穿着旧运动衣，嘴唇肿胀着，脸上有淤青，却照样是个漂亮女子。

小薰用日语问应召女：“你大概想用电话吧？”

玛丽将这话译成中文：“要打电话吗？”

应召女用生硬的日语答道：“是，谢谢。”

小薰将白色无绳电话递给应召女。女子拨号，用中文小声地向接电话的人汇报。对方飞快地大吼着什么，她简短地回话，然后挂掉，表情严肃地将电话交还给小薰。

应召女用日语向小薰道谢：“多谢。”然后用中文告诉玛丽：“马上有人来接我。”

玛丽对小薰解释：“接她的人好像马上就来。”

小薰双眉紧蹙。“对了，房钱还没拿到呢。按规矩都是由男方支付，可那个浑蛋一个子儿没付就溜掉了。连啤酒钱都还欠着呢。”

“你是打算向来接她的人要吗？”玛丽问。

“这个……”小薰陷入沉思，“要是能顺利拿到就好了。”

小薰往茶壶里放进茶叶，用热水瓶倒入热水，再将茶水倒进三只杯子，把其中一只递给应召女。女子道谢后接过去喝。她嘴唇破裂，热茶似乎很难入口，每喝一口便皱起眉头。

小薰喝着茶，冲着应召女用日语攀谈：

“但你也不容易啊，大老远的偷渡到日本来，还得这样忍受那帮家伙的欺压。我不知道你们在家乡日子过得怎样，但这种地方还是不来的好吧。”

“要给你翻译吗？”玛丽问。

小薰摇头道：“不翻译也不要紧。我只是在自言自语。”

玛丽跟应召女交谈：“你几岁了？”

“十九。”

“我也是。叫什么名字？”

应召女略一迟疑之后回答：“郭冬莉。”

“我叫玛丽。”

玛丽对着那女子嫣然一笑。那微笑虽然淡淡的，却是午夜过后玛丽首次露出的笑容。

在旅馆阿尔法城的门口，一辆摩托车停下来。精悍的大型本田运动摩托。一个头戴全罩式头盔的男人。引擎始终不熄火，以便一有情况立刻逃之夭夭。紧身黑皮夹克，蓝牛仔裤，高帮篮球鞋，厚手套。男人摘下头盔放在油箱上，谨慎地环视周围，然后脱去一只手套，从衣袋里掏出手机按号码。三十来岁的男人。头发染成黄色，扎马尾，宽额头，双颊瘦削，目光犀利。简洁地交谈后，男人挂断手机，收进口袋。然后戴上手套，姿势不变地等在那里。

很快，小薰、应召女和玛丽三人走出玄关。应召女吧嗒吧嗒地趿拉着塑胶拖鞋，步履疲惫地走向摩托车。气温比方才下降了，光穿一身运动衣似乎挺冷。摩托男人冲着应召女用尖锐的声音宣告着什么，女子小声地回话。

小薰朝着摩托男人说："我说这位大哥，我们还没收到房钱呢。"

男人盯着小薰的脸看了一会儿，然后说："房钱，我们不付。该男方付。"男人的话没有高低起伏，单调，没有感情。

"这个我晓得。"小薰用沙哑的声音说道，然后清了清嗓子，"可您看，我们抬头不见低头见的，在同一块地盘上混饭吃。今天这事儿，我们也跟着倒了大霉。这算得上是一宗暴力伤害事件吧，本来可以报警。但要是那么一来，你们只怕也不太方便吧？所以呢，只要你们肯付六千八百块的房钱，我们这边就算了事。那个啤酒钱就当打折了。损失平摊。"

男人用缺乏感情的眼睛注视了小薰一会儿，仰脸看看旅馆的霓虹招牌。阿尔法城。然后再次脱下手套，从皮夹克口袋中取出皮钱夹，数了七张千元纸币丢在脚下。无风，纸币笔直地落在地上，停在那儿。男人再次戴上手套，抬起胳膊看表。每个动作都缓慢得让人觉得不自然。男人绝不急于离开，看来他是要把自身存在的分量给在场的三个女人展示一番。不论做什么事情，他都可以想花多少时间就花多少。而在此期间，摩托车的引擎仿佛心急火燎的野兽一般，始终隆隆地低吼。

“你，很有胆量嘛。”男人对小薰说。

“谢谢啦。”小薰说。

“要是报警的话，只怕这一带得闹火灾了。”男人说。

深重的沉默持续了片刻。小薰抱着双臂，目不转睛地盯着对方的面孔。脸上受伤的应召女听不懂两人的交锋，不安地来回望着两人。

男人终于拿起头盔戴在头上，招手让女子坐上摩托车后座。女子双手抓紧他的皮夹克。她回过头，看看玛丽又看看小薰，然后再次看着玛丽，似乎想说什么，终于欲言又止。男人提脚狠踩踏板，转动油门把手扬长而去。排气声沉沉地回响在深夜的街头，身后只留下小薰和玛丽。小薰弯下腰，把落在地上的千元纸币一张张捡起，理齐了，对折起来塞进口袋。然后深深地吸气，用手掌刷刷地摸着金色短发。

“可恶。”她说。

4

0:37

浅井爱丽的房间。

屋里的情形没有变化。只是坐在椅子上的男人身影与方才相比，切换成了特写镜头，我们能相当清晰地看到此人的外形。电波多少仍受到干扰，画面每每剧烈扭动，轮廓变形，质量轻薄，刺耳的噪音也变得高亢，还会有毫不相干的其他影像瞬间穿插进来。但混乱立刻便得到修复，原先的图像重又回来。

浅井爱丽仍然静静地躺在床上，沉睡不醒。电视画面发出带着人工色彩的光芒，在她的侧脸上投射出闪动的阴影，然而不曾惊扰她的睡眠。

画面中的男人身着深咖啡色西服。也许原来是挺括漂亮的西服，可如今一看便觉得破旧，袖子与后背上沾满了白乎乎的粉尘般的东西。脚上的一双圆头黑皮鞋也沾满了灰尘。莫非他跋涉过某个积满厚厚尘土的场所，才赶到这间屋子里来的？白色西装衬衣，纯黑羊毛领带。衬衣和领带一律浮现出疲惫的色调。头发花白。不，也许并非白发，而仅仅是黑发沾上了白色粉尘。总而言之，男人的头发看上去似乎长期不曾认真梳理过。不可思议的是，尽管如此，男人的装扮却不给人邋遢的印象，也没有寒酸的感觉。仿佛仅仅是出于某种万不得已的原因，才使得西装也洒满了灰尘，显得疲惫不堪。

看不到他的面孔。此刻摄像机抓拍和播放的镜头只是此人的背影，还有面部以外的身体其他部位。不知道是光线与角度的缘故，还是刻意为之，他的面部总是处于阴影中，我们的视线无法探及。

男人一动不动。偶尔长声叹息，这时双肩便会缓缓随之上下，仅此而已。好似长期被囚禁在一间屋子里的人质。男人的四周仿佛飘荡着一种被扯长了的无奈。但他并没有被绑缚着，只是坐在椅子上，挺直身子静静地呼吸，笔直地凝视着前方的一点。究竟是他自己决定不动弹，还是出于某种理由实际被置于动弹不得的状态，则看不分明。双手并排摊放在膝上。时刻不明。是黑夜还是白昼也不清楚。但借着天花板上排列的荧光灯的照明，房间里如同夏日的午后一般白晃晃的。

不久摄像机转到前面，从正面拍摄男人的脸。可男人的真面目依然不明，谜团反倒越来越深。因为他的一张脸完全藏在半透明的面具里，它像薄膜一样紧紧贴在脸上，因此是否该称为面具也令人踌躇不决。然而无论何等的薄，作为面具的功能却发挥得淋漓尽致。它淡淡地反射着光芒，不懈地将他的容颜和表情隐匿在背后。我们勉强能推测出的，只有面孔的大致轮廓。面具上甚至没有为鼻子、嘴巴和眼睛留下开口，但呼吸、视物和辨音似乎并无不便，大概透气性与渗透性都出类拔萃。然而这隐姓埋名的外皮使用了何种素材、采用何种技术制作，仅从外表看去却不得而知。这张面具同样具备咒术性与机能性，这既是自古以来与黑暗一同传承下来的东西，也是从未来与光明一同被送来的东西。

面具货真价实的可怖，在于它尽管严丝合缝地贴在脸上，我们却根本想象不出后面的人在思考什么、作何感受、有何居心(抑或无所居心)。男人的存在究竟是好事还是坏事？他秉持的思想究竟是正确的还是邪恶的？这张面具究竟是为了隐没他还是为了保护他？我们没有可资判断的线索。男人面戴精致的无名面具，静静地坐在椅子上，为摄像机所捕捉，在此制造出一种状况来。看来我们暂且只能保留判断，老老实实地全盘接受这种状况。姑且称他“无脸男子”。

摄像机的角度此时此刻固定于一点，从正面略略偏下的角度锁定“无脸男子”。身穿咖啡色西服的男人一动不动，从电视机显像管里透过玻璃看着这边。就是说，他从对面径直窥望着我们所在的房间。当然，他的眼睛隐藏在亮晶晶的神秘面具下面，但我们还是能明明白白地感觉到那视线的存在与分量。他怀着毫不动摇的意志，凝视着前方的某物。从他面部的角度来看，好像是在凝视着浅井爱丽床铺的方向。我们循着他那假定的视线仔细地追寻过去。是的，没错。面具男子用无形的双眼凝视的，果然正是在这一侧床上沉睡不醒的爱丽的身姿。不如说，他自始至终一直凝视着她的身姿。我们直至此时才明白这个事实，而他能够将我们这边看穿。电视屏幕作为朝这边打开的窗户，发挥着功能。

图形不时地出现颤动，又恢复原状。电流杂音也时而变得高亢。这杂音听上去像是将人的脑波转换为信号并加以增幅。它增强密度，扶摇直上，然而达到一定高度就成了强弩之末，开始后退，最终烟消云散。然后又仿佛灵机一动般卷土重来，如此周而复始。但“无脸男子”的视线始终坚定不移，他的全神贯注也不受任何影响。

躺在床上沉睡不醒的美丽女子。笔直的黑发形成意味深长的扇面摊在枕上。温柔抿起的嘴唇。沉没在海底的心。每当电视屏幕出现闪烁抖动，投在她侧脸上的光线便会摇摆，阴影化作奇妙的符号跃动不已。坐在简朴的木椅上不声不响地凝视她的“无脸男子”。他的双肩偶尔伴随着呼吸悄然起伏，就像清晨在波澜不惊的水面上漂荡的一叶无人小舟。

屋子里此外再无任何动静。

5

1:18

玛丽和小薰走在无人的小巷。小薰正将玛丽送往某处。玛丽头上深深地扣着一顶波士顿红袜队的藏青色棒球帽。一戴上这顶帽子，看上去便像个男孩子。她随身携带着帽子，或许就是这个缘故。

“有你在，真帮了我们大忙。”小薰说，“我们根本搞不懂是怎么回事。”

二人顺着来时那条近道的台阶往下走。

“对了，如果你有时间，要不去哪儿坐会儿？”小薰开口道。

“去哪儿？”

“我渴了，想喝口冰啤酒。你呢？”

“我不会喝酒。”玛丽说。

“那喝果汁不就行了？反正你总得找个地方消磨到天亮，是吧？”

二人坐到了一家小酒吧的吧台前。店里没有其他客人，放着本·韦伯斯特的旧唱片，《我的理想》，二十世纪五十年代演奏的作品。架子上排列的不是CD，是从前那种LP[①]，约莫有四五十张。小薰喝着啤酒，那啤酒倒在又细又长的玻璃杯中。玛丽面前放着一杯加了鲜榨酸橙汁的巴黎水。刚见老的酒保在吧台里默默地刨冰。

“不过，她长得蛮漂亮的。”玛丽说。

“你是说那个中国人？”

“嗯。”

“是啊。可是干上了这种生意，就别指望总能这么漂亮了。过不了多久就会未老先衰。真的。这种事我见得多了。”

“那个人跟我一样，也是十九岁。”

“但是，”小薰说，一面嗑着坚果佐酒，“不管年纪是大是小都一样。那种活儿太伤人了，一般人的神经是受不了的。要是因此借着毒品麻醉自己，就更不可救药了。”

玛丽默然不语。

“你是大学生？”

---

①即密纹唱片（long-playing record），是传统的黑胶唱片。

“对。在外国语大学学中文。”

“外国语大学吗……”小薰说，“毕业以后做什么？”

“可能的话，想自己做点笔译或口译。我觉得自己好像不太适合进公司工作。”

“你脑袋很灵光嘛。”

“也算不上脑袋灵光。从小父母就一直跟我说：你长得不好看，所以至少得把书念好，不然就没办法可想了。”

小薰眯起眼睛瞅着玛丽的脸。“但你长得不是够可爱么？我这么说可不是恭维你，是实话。要说长得不好看，那是指像我这样的人。”

玛丽微微耸肩，显得有点尴尬。“因为我姐姐很漂亮，光彩照人，所以从小大家就老是拿我跟她比较，说什么虽是姐妹俩也会大不一样。的确，比较起来的话真是不知怎么办好。我身材矮小，胸脯也小，头发又卷，嘴巴太大，还是散光加近视呢。”

小薰笑了。“人们会把这叫做有个性呢，通常。”

“可我怎么也不能顺顺当当地接受这种认识，因为我从小到大一直被大家说长得不好看。”

“所以你就拼命念书？”

“算是吧。但我不喜欢跟别人比成绩好坏。又不擅长体育，也交不上朋友，还受过欺负，所以在小学三年级的时候就没法去学校上学了。”

"拒绝上学？"

"讨厌去学校，觉得受不了。每天一到早上，吃下去的东西就会吐出来，还严重腹泻。"

"哦。你看我，成绩是一塌糊涂，可倒不怎么讨厌每天上学。只要哪个家伙不合我意，我可是不管三七二十一逮着就揍。"

玛丽微笑。"我要是能像你那样就好啦……"

"不说这些了，又不是什么可以到处向人炫耀的事儿……那后来怎么样了？"

"横滨有一家为中国孩子开办的学校，邻居家有个从小跟我一块儿长大的女孩在那里念书。一半课程是中文课，可是不像日本的学校，不需要为了好成绩拼命，而且那个朋友也在，我心想要是这家学校的话，去念念倒也可以。父母当然反对，但是又没办法让我上学……"

"还挺顽固嘛。"

"也许是吧。"玛丽承认道。

"那所中国学校，也接收日本学生？"

"接收，不需要资格什么的。"

"那时候你还不会讲中国话吧？"

"嗯。一句也不会。但那时候年龄小，又有朋友帮忙，很快就学会了讲中国话。总之，那所学校很轻松。从初中到高中我一直都是在那儿念的。不过在父母看来，好像有点不太称心。他们期望我考进名牌高中，将来做个律师或医生什么的，有个一技之长。也算是各得其所吧……姐姐像个白雪公主，妹妹呢，就当个才女。”

“你姐姐就那么漂亮？”

玛丽点点头，喝一口巴黎水。“上初中时就开始做杂志的封面女郎。是那种面向十多岁女孩的少女杂志。”

“嗬。”小薰说，“上面有那样一位惊艳的姐姐，只怕当真要压得喘不过气来了。可那是另一回事，像你这样的女孩子，怎么会半夜一个人在这种地方晃悠呢？”

“像我这样的？”

“该怎么说呢？一看就是个正经人家的孩子哟。”

“我不想回家。”

“跟家里人吵架了？”

玛丽摇头。“不是那个意思。我只是想在不是自己家里的地方一个人待到天亮。”

“这种事，以前也干过么？”

玛丽沉默不言。

小薰说：“也许是我多管闲事——老实说，这一带可不是正经女孩只身一人过夜的地方。好多危险的家伙也在这儿游荡。就连我，都有好几次差点遇上麻烦呢。末班电车走了之后，直到头班电车开过来之前，这儿会变成一个跟白天不太一样的地方。”

玛丽拿起放在吧台上的波士顿红袜队的棒球帽，玩了一会儿帽檐。脑袋里在思考着什么，但最终将这念头赶了出去。

玛丽用温和但坚决的语气说："对不起，可不可以谈点别的事？"

小薰抓起几粒坚果仁，一把塞进口中。"当然。可以呀，咱们换个话题。"

玛丽从运动夹克口袋里掏出带过滤嘴的骆驼烟，用比克打火机点上。

"嗬，原来你还抽烟。"小薰佩服般地说。

"时不时也抽一根。"

"老实说，不太适合你哦。"

玛丽涨红了脸，但还是带着略显僵硬的微笑。

"我可以要一根么？"小薰说。

"当然。"

小薰叼着骆驼烟，拿过玛丽的打火机点上。的确，小薰吸烟的架势更像模像样。

"有男朋友么？"

玛丽轻轻摇头。"我现在对男孩子没什么兴趣。"

"更喜欢女孩子？"

"也不是那个意思。我说不清。"

小薰边听音乐边吸烟。紧绷的弦一旦放松，倦色便幽幽地浮上脸来。

“刚才我就想问了。”玛丽说，“旅馆的名字为什么要叫‘阿尔法城’呢？”

“是啊，为什么呢？大概是我们老板起的吧。情人旅馆的名字都是胡乱起一个的。无非是男人和女人来干那事的地方，有张床有个浴缸就OK，名字什么的没人在意。只要像那么回事就行了。你怎么问这种问题？”

“因为《阿尔法城》是我最喜欢的电影之一。让·吕克·戈达尔[①]的片子。”

“这个我可没听说过。”

“很久以前的法国片。六十年代的。”

“照这么讲，没准就是从那儿拿过来用的。下次见到老板时，我问问他。是什么意思呢，那个阿尔法城？”

“一个虚构的近未来城市的名字。”玛丽说，“银河系里的一座城市。”

“那，是部科幻片？像《星球大战》那样的？”

“呃，倒不是。没有特技摄影，也没有打斗场面……我说不好，反正是部观念性很强的电影。黑白片，对话多，属于那种在实验小剧场里放的片子。”

“你说观念性很强？”

---

① Jean-Luc Godard（1930—），法国兼瑞士籍导演，法国新浪潮电影的奠基者之一。

“比如说吧，在阿尔法城，哭泣流泪的人会遭到逮捕、被公开处死。”

“为什么？”

“因为在阿尔法城，不允许人们拥有深厚的感情。所以在那里没有爱情这种东西，也没有矛盾和 irony。一切事情都用数学公式集中处理。”

小薰蹙眉。“什么叫 irony？”

“就是指人们客观地看待自己和属于自己的东西，或者逆向观察这些，从中找出可笑之处来。”

小薰思考了一下玛丽的解释。“你这么说我还是不懂。不过，那个阿尔法城里有没有性交呢？”

“性交是有的。”

“不需要爱情和 irony 的性交。”

“对。”

小薰忍俊不禁。“这点你想想看，用来做情人旅馆的名字不是挺合适的？”

一位衣着得体、身材矮小的中年男子走进店里，在吧台一角落座，点了杯鸡尾酒，和酒保低声交谈。看来是个常客。固定的座位，固定的饮品。以深夜的都市为栖居之地、真实面目不明的众生中的一个。

“小薰，你以前是女子职业摔跤手？”玛丽问道。

“是呀，干了好长时间。因为块头大，又能打架，还在念高中时就被选中了，马上正式出道，打那以后一直充当反派角色。染了一头花哨的金发，眉毛剃了个精光，肩膀上还纹了个红蝎子。时不时也上上电视，还到香港台湾等地去比赛过。我还有个‘地区后援会’呢，尽管很小。你没有看过女子职业摔跤表演吗？”

“我还没看过呢。”

“哎呀，这行买卖可不容易，我到底把脊背给弄坏了，二十九岁的时候退了役。我这个人，干起事情来从来不知道偷工减料，总是玩命死拼，这么干总有一天要弄伤身子呀。身子骨再结实也有个限度。我这个人天生就不懂得偷懒。该算是有服务精神吧，只要观众一欢呼一闹腾，我就来了劲儿，不知不觉做过了头。结果弄得到现在还是一遇上阴天下雨，后背就隐隐作痛。一旦出现这种情况，就什么也做不了啦，只能躺在床上一动不动。惨不忍睹啊。”

小薰转动着脖颈，弄出嘎巴嘎巴的声响。

“人气火暴的时候也赚了些钱，还受到周围人的百般追捧。可等到退役之后，才发现几乎什么也没剩下。一无所有。给山形[①]乡下的父母盖了房子，算是孝敬了父母，其余的不是被弟弟拿去还了赌债，就是叫八竿子打不着的亲戚给吞了，再不就是让

①指日本山形县，位于本州岛北部，属于日本地域中的东北地方。

银行的人找上门来，弄去搞不靠谱的投资，赔得一点也不剩……这么一来，再也没人来管理我啦。那时候我一下子跌进了谷底，心想这十几年来自己到底都干了些什么？眼看就要三十岁的人了，身体伤病交加，没有任何积蓄，今后该怎么办？左思右想正没办法，靠着后援会牵线，现在的老板来邀我做了情人旅馆的经理。说是经理，你都看见了，其实就是半个保镖。”

小薰将剩下的啤酒一口喝干，然后看看手表。

“工作不要紧吗？”玛丽问。

“情人旅馆这种地方，这会儿是最空闲的。电车已经不开了，现在待在旅馆里的客人差不多都是过夜的，一直到明天早上都不会有像样的动静。按理说现在还算是上班时间，但喝杯啤酒啥的也不该遭天谴。”

“你一直工作到早上，然后再回家么？”

“我倒是在代代木租了间房子，可回去也没事儿，又没人等着我，所以常常睡在旅馆休息室里，醒来接着再上班。你接下去打算怎么办？”

“找个地方看书打发时间。”

“我说啊，要不你待在我那儿也行。今天没有客满，可以安排你在空房间里待到天亮。单身一人待在情人旅馆的房间里，不免太冷清，但那可是个睡觉的好地方哟。情人旅馆嘛，床是没得挑剔。”

玛丽微微点头，然而态度十分坚定。“谢谢你。我自己会想办法。”

“反正你自己看着办吧。”小薰说。

“高桥是在附近排练吗？他们乐队的练习。”

“哦，你问高桥呀。就在旁边那座楼的地下室里，轰隆隆地一直得练到早上。要不要去看看？不过可吵得很。”

“不，我不是那意思。只是随便问问。”

“哦。那家伙是个好人，前途无量。表面上看好像笨手笨脚的，本质上倒是规规矩矩。为人不坏。”

“你和他是怎样的朋友？”

小薰撇撇嘴。“关于这个嘛，可有一段好玩的故事。嗯，你还是直接问他本人为好。比我来说要好得多。”

小薰去付了酒吧的账单。

“你整整一夜不回家，就不会挨骂？”

“他们以为我是睡在朋友家里。我父母对我有点无所谓，不管我做什么。”

“因为你是个成熟稳重的孩子，所以他们很放心吧。”

玛丽对此不置一词。

“其实也不一定总是这样啊。”

玛丽微微皱眉。“为何这么想？”

“这不是想不想的问题。十九岁就是这样的年龄嘛。我也有过十九岁的时候呀，这种事情总是知道的。”

玛丽望着小薰的脸。想说什么，可觉得说不清楚，于是欲言又止。

“这附近有一家‘云雀’[1]，我送你到那儿去。”小薰说，“那儿的店长是我的朋友，我去打声招呼，他们会让你一直待到天亮的。你看行吗？”

玛丽点头。唱盘放完，唱针自动抬起，拾音臂退回到臂架上。酒保来到唱机旁换唱盘。他慢条斯理地拿起唱盘，放回唱片套里，取出新唱盘，在灯光下检查盘面，再放在转盘上，揿动按钮，唱针轻轻落到盘面上。微弱的摩擦声。艾灵顿公爵的《世故女郎》流淌出来。哈利·卡尼那懒洋洋的低音单簧管独奏。酒保那从容不迫的动作，赋予了这家酒吧一种独特的时间流逝方式。

玛丽问酒保：“您只放 LP 吗？”

“我不喜欢 CD。”酒保答道。

“为什么？”

“因为太晶光闪亮了。”

“你难道是乌鸦？”小薰插科打诨。

“可是，LP 得一次次换唱片，不是很麻烦吗？”玛丽说。

酒保笑了。“你看，这深更半夜的，反正要等到明天早上才有电车呢。急也没意义。”

“这位大叔生来就是倔脾气。”小薰说。

---

① Skylark，日本家庭餐馆连锁店。

“深夜自有深夜的时间流逝方式。”酒保说着，嚓的一声擦着纸火柴，点燃香烟，“可不能跟它对着干哟。”

“我叔叔以前也有好多唱片。”玛丽说，“他说怎么也没法喜欢 CD。差不多都是爵士乐。我去他家玩时，他常常放给我听。我那时候还很小，听不懂音乐，但很喜欢旧唱片套的气味，还有唱针落到盘面上的吱吱声。”

酒保一言不发，只管点头。

“告诉我让·吕克·戈达尔的电影的，也是那位叔叔。”玛丽对小薰说。

“你跟那位叔叔很投缘喽？”小薰问。

“挺投缘的。”玛丽说，“他是个大学老师，有点游戏人间的感觉。三年前忽然心脏病发作死了。”

“欢迎你下次再来。除了周日，每晚七点开门营业。”酒保说。

“谢谢你。”玛丽答道。

玛丽拿起吧台上放着的纸火柴，装进夹克口袋，然后滑下高脚凳。从唱片纹路上掠过的唱针。懒洋洋的肉感的艾灵顿的音乐。夜半更深时刻的音乐。

1:56

“云雀”。巨大的霓虹招牌。从玻璃窗外望得见明亮的客席。

大桌子旁，一群大学生模样的青年男女正在纵声欢笑。与刚才的丹尼餐厅相比，这里要热闹得多。就连半夜城市里幽深的黑暗也无法钻进来。

云雀的洗手间里，玛丽在洗手。此刻她没戴帽子，也没戴眼镜。天花板上的扬声器中，音量低低地流溢出“宠物店男孩”往日的走红歌曲。《妒意》。大大的挎包搁在洗脸台旁边。她用店里的洗手液仔仔细细地洗手，仿佛要洗掉粘在指间的黏糊糊的东西。还不时抬起眼睛，看着自己映在镜子里的脸。接着关上水龙头，在灯光下查看十根手指，用厚纸巾使劲擦拭。然后将脸凑到镜子前，用期盼发生点什么的眼神凝望着镜中自己的脸，绝不漏过任何细微的变化。然而什么也没发生。她双手撑在洗脸台上，闭上眼睛，默数了几个数，而后再度睁开，重新仔细检视自己的脸。但脸上仍旧没有任何变化。

她用手指简单地理了理额发，拉正运动夹克底下的风雪衣的兜帽。然后像鼓励自己似的轻咬嘴唇，微微点了几下头。镜中的她也随之轻咬嘴唇，微微点了几下头。她将包挎在肩上，走出洗手间。门悄然闭合。

作为我们视点的摄像机，此后仍然在洗手间里短暂停留，继续拍摄房间内部。玛丽已经不在了，那里没有任何人。唯独天花板上的扬声器在播放音乐。换成了霍尔与奥兹的曲子。《爱莫能助》。但仔细看去，洗脸台上的镜子中仍然映着玛丽的身姿。

镜中的玛丽从对面凝望着这一侧，目光严肃，仿佛在静候着事态的发生。然而这一侧空无一人。唯独她的身影残留在洗手间的镜子里。

四周微微转暗。在愈来愈深的黑暗中，飘拂着《爱莫能助》。

6

2:19

旅馆阿尔法城的办公室。小薰一脸不悦的神情坐在电脑前。液晶监视器上播放着门口监控镜头拍下的画面。图像十分清晰，屏幕一角有时间显示。小薰比较着写在纸上的数字与显示在图像上的时刻，用鼠标忽而快进忽而停止地调整画面。操作似乎难称顺利。她不时仰天长叹。

小麦与蟋蟀走进办公室。

“你在干什么，小薰？”小麦问。

“你的表情很严肃啊。”蟋蟀说。

“监控镜头的DVD。”小薰目不转睛地盯着画面，答道，“把那段时间大致查一查，就能找到殴打那孩子的是哪个家伙。”

“可是那段时间进进出出的客人可不少。能找出来是谁干的么？”小麦说。

小薰噼噼啪啪地用粗壮的手指笨拙地敲打键盘。“别的客人都是成双成对，男女一块儿进来的。只有那个家伙是自己先到，在房间里等着女人来。男人在大门口拿走四〇四房间的钥匙，是在十点五十二分，这一点已经查清楚了。前台的佐佐木说，用摩托车把女人送过来大约是在十分钟之后。”

“那只要把十点五十二分前后的录像调出来就行了。”小麦说。

“可是没那么顺利。”小薰说，“这什么数码机器，我哪里玩得来。”

“力气大也派不上用场咯。”蟋蟀说。

“没错儿。”

“小薰是生错了时代咯。”蟋蟀神情严肃地说。

“生错了两千来年。”小麦说。

“说得对。”蟋蟀赞同道。

“我可不喜欢你们俩这么简单地下结论。”小薰说，“其实，你们自己也玩不来吧，这东西？”

“玩——不——来！”二人异口同声。

小薰在屏幕上的搜索栏内输入时刻，点击，试图调出画面，然而怎么也不成功。似乎是在操作顺序上出现了错误。她咂咂嘴巴，拿起说明书哗啦哗啦翻看，依然不得要领，无奈地把说明扔在桌子上。

“真是的，怎么就搞不定呢？这么一弄本该搞定了呀！怎么就搞不定呢？像这种东西，要是高桥在的话，只要一下子就解决问题啦。”

“但是小薰，就算弄清了那个家伙的长相，那又能怎样呢？又不可能去报警吧？”小麦说。

“不是自夸，对于警察我是敬而远之，能躲多远就躲多远。”

“那你打算怎么办？”

“这个么，以后再慢慢考虑。”小薰说，“但我这个人生来就见不得这种恶棍，可不能放过他。欺负一个弱女子，打人，还把人家剥个精光，连衣服都抢走，甚至房钱也赖掉。根本就是人渣！”

“这种从头烂到脚的变态家伙，就是要捉住打个半死才行。”蟋蟀说。

小薰深深点头。“我当然巴不得。但他再愚蠢，也不会堂而皇之地又跑到咱们旅馆来吧。至少近期内是不会啦。咱们又没有闲工夫满街去找他。”

“那，该怎么办？”小麦问。

“我不是说了么，以后再慢慢考虑。”

小薰半是自暴自弃，一个劲儿点击某个图标，不一会儿，十点四十八分的画面出现在显示屏上。

“搞定啦！”

小麦：“好厉害。这就叫有志者事竟成。”

蟋蟀：“连电脑见了小薰都瑟瑟发抖呀。”

三人一声不响，屏气凝神盯着画面。十点五十分，一对年轻男女走进旅馆。模样像大学生，一看便知两人都很紧张。他们在介绍房间的照片前犹豫不决，然后按下三〇二室按钮领取了钥匙，去乘电梯。又不知道电梯在何处，急得团团转。

小薰：“这是三〇二室的客人。”

小麦：“哟，三〇二呀。看上去倒蛮淳朴的，其实可疯狂了，这一对。我去打扫时一看，房间里是要多狂乱就有多狂乱。”

蟋蟀：“那不蛮好咯。大好青春嘛，狂乱又有啥要紧。人家不就是为了这个才花钱来这里么。”

小麦：“呃，我也这么年轻，可最近跟这种狂乱是根本无缘啊。”

蟋蟀：“看看，你这是热情不足哦，小麦。”

小麦：“真是热情问题吗？”

小薰：“喂喂，马上就是四〇四的客人了。别说废话，好好看着！”

画面中出现一个男人。时间为十点五十二分。

男人身穿浅灰色双排扣风衣，年龄在三十五岁以上，也许快四十了。系领带穿皮鞋，像个白领。戴着小巧的金属框眼镜，没拿东西，双手插在衣兜里。身高、体型和发式都极其普通。属于那种在街头交臂而过也几乎不会留下印象的类型。

“看上去是个很普通的家伙嘛，这小子。”小麦说。

“貌似普通的家伙最可怕。”小薰抚摸着下巴说，“精神负担重嘛。”

男人看一眼手表确认时间，毫不犹豫地拿上四〇四室的钥匙，然后快步走向电梯，消失在摄像机的视野之外。小薰让画面在此暂停。

她问二人：“好，看了这些，你们弄清楚什么没有？”

“看上去像个白领。”小麦说。

小薰愕然地望着小麦，摇头道：“喂喂喂，这还用得着你说？在这种时间还穿西装系领带的，除了下班回家的白领还会有谁？”

“不好意思。”小麦说。

“呃，这家伙好像是做这种事的行家。”蟋蟀发表意见，“应该是老于此道吧，行动看不出一丝犹豫。”

小薰同意。“是啊。立刻拿好钥匙，直奔电梯。走的是最短路径，没有多余的动作，也不东张西望。”

小麦：“就是说，不是头一回来这里？”

蟋蟀：“所谓的老主顾。”

小薰："很可能。而且以前也一样，也是来嫖女人的。"

小麦："没准还是专找中国女人呢。"

小薰："嗯。喜好这一套的家伙还真不少。不过，要是到咱这儿光顾过好几次的白领，那很可能就在附近的公司里工作。"

小麦："的确很可能。"

蟋蟀："那么，弄不好主要是上夜班的。"

小薰惊讶地看着蟋蟀。"你为啥这么想？也可能是干了一天活，去哪儿喝上一杯，喝得晕晕乎乎的，然后心痒难耐地想找女人呀，你说是不是？"

蟋蟀："但是你看，这个家伙不是空着手吗？肯定是把东西放在公司里了。要是下了班往家赶，手上一定会拿着东西，像皮包呀文件袋呀。一般来讲，白领是不会空着手上下班的。所以，这家伙只怕是打算接下来再回公司继续干活呢。我觉着是这样。"

小麦："深更半夜在公司里干活？"

蟋蟀："这世上有不少人下班后还继续留在公司里，一直工作到天亮呢。尤其是做电脑软件之类的，这种情况挺多的。等别人都下班回家以后，在什么人也没有的办公室里，一个人安安静静地调试系统。大家都在上班时，不能让系统停下来放手干活。所以就加班加到两三点，然后乘出租车回家。对这些人，公司还会发出租车乘车券呢。"

小麦："是这么回事。这样说来，这小子倒是长着一张很像电脑宅男的脸。不过蟋蟀，你怎么知道这些事？"

蟋蟀："别看我这副样子，其实以前也在公司里工作过。一家像模像样的公司，也算是个女白领咯。"

小麦："真的么？"

蟋蟀："喏，在公司里工作，自然当真了。"

小麦："是么？那为啥又……"

小薰不耐烦地插嘴道："喂喂，你们俩打住。在谈正事呢。你们那波澜壮阔的人生故事，给我到别处说去。"

小麦："对不起。"

小薰再次将图像倒回十点五十二分，这次她一格一格地播放，然后适当挑选一处，让画面静止，把拍下那男人身影的地方分段放大，再打印出来。男人的脸部被印成了大幅彩色照片。

小麦："好厉害！"

蟋蟀："这种事真能办得到！简直像《银翼杀手》一样嘛。"

小麦："方便是方便，但想一想，这个世界蛮恐怖的。这么一来，连情人旅馆都不敢随便进了。"

小薰："所以我说，你们在外边少干坏事为好。谁知道现在哪里有监控！"

小麦："天知，地知，数码摄像机知。"

蟋蟀："真要小心才行咯。"

小薰把同一幅图像打印成了五张照片。三人分别仔细地看着那张脸。

小薰："放大后图像粗糙得很，但长相大致能看清楚吧？"

小麦："嗯，下次在路上碰到的话，完全可以认出这小子来。"

小薰嘎巴嘎巴地转动脖颈，无声地思来想去，很快，她想到了一件事。

"我刚才出去之后，你们俩有没有用过办公室里的电话？"小薰问二人。

二人摇头。

小麦："我没用过。"

蟋蟀："我也没。"

小薰："那就是说，在那个中国女孩用过之后，谁都没按过号码喽？"

小麦："碰都没有碰过。"

蟋蟀："没碰过一根手指头。"

小薰拿起听筒，调整一下呼吸，然后按下了重拨键。

电话铃响了两声，一个男人来接电话，用中国话飞快地说了句什么。

小薰说道："喂，我这里叫阿尔法城，是一家旅馆。今天晚上十一点多，你们一位姑娘不是被客人喊到这里来，打得鼻青脸肿么？呃，我手头有那位客人的照片。监控镜头拍下来的。说不定你们想要？”

接电话的人沉默数秒，然后用日语说：“你等一下。”

“等就等呗。”小薰说，“等多久都行。”

电话那边好像在商量。小薰把听筒紧贴在耳边，手指间夹着圆珠笔滴溜溜地转动。在这期间，小麦拿着扫帚柄当作麦克风，表情丰富地演唱：“雪花飘洒……你久久不来……我愿等你……永远地等待……”

男人再次来接电话：“照片，现在是在你手上吗？”

“刚刚印好，还热乎乎的呢。”小薰说。

“你是怎么知道这个号码的？”

“最近的机器用起来很方便哦。”小薰说。

男人沉默数秒钟。“十分钟后到你那边。”

“我会在大门外等。”

电话挂断。小薰皱着眉头放下听筒，再次嘎巴嘎巴地转动粗脖颈。房间里笼罩着沉默。小麦怯生生地开口了：

“呃，小薰。”

“怎么了？”

“你真打算把那张头像交给那帮家伙？”

“刚才我不是说了么，把无辜的弱女子打得鼻青脸肿，这种浑蛋不能看着他逍遥。赖掉房钱不付更让我气不打一处来。这张长得像凉粉一样的脸，也叫我讨厌。”

小麦:“可是，那帮家伙要是找到这小子，会不会把他绑上石头沉到东京湾里去啊？冒冒失失地卷进这种事情很危险的。”

小薰依旧双眉紧蹙。“这个，还不至于杀人吧。中国人之间互相杀来杀去的，警察倒也不会当回事。但如果是正经日本人被杀，情况就大不一样了。后患无穷。我看无非是抓到他教训一通吧，最多割掉一只耳朵。”

小麦:“呜，好疼。”

蟋蟀:“听上去怎么像梵·高一样。”

小麦:“不过小薰，光凭这么一张照片，你觉得就能把一个大活人找出来么？这座城市可大着呢。”

小薰:“那帮家伙一旦决定下手，就会死缠到底。在这种事情上，他们可真叫锲而不舍。这次居然受到外行人的愚弄，不光让手下那批女人看笑话，在同伙面前也没面子啊。在他们那个世界里，没了面子就混不下去。”

小薰拿起桌上的香烟叼在口中，用火柴点火。噘起嘴唇，对着监视屏幕长长地吐出一口烟。

静止画面上放大的男人的脸。

十分钟后。小薰和小麦等在旅馆大门旁边。小薰身穿和先前一样的皮夹克，一顶绒线帽深深地扣在头上。小麦穿着又厚又大的毛衣，似乎冷不可耐，双臂紧紧地抱在胸前。不一会儿，像先前来接那女子时一样，骑着大型摩托车的男人来了。他在稍稍离开两人的地方停下摩托，引擎照例不熄火。然后摘下头盔放在燃料箱上，谨慎地取下右手的手套，装进上衣口袋里，姿势保持不变。他不打算先采取行动。小薰大步向男人走去，递给他三张打印好的面部特写，然后说：

“像是在附近公司工作的白领，常在深夜干活，以前好像也来这里叫过应召女郎。说不定是你们的常客。”

男人接过照片，端详了数秒钟。看不出对那照片怀有特别的兴趣。

“那么？”男人看着小薰说。

“什么那么？”

“你为什么特地把照片给我？”

“我猜，你们说不定想要。不想要么？”

男人不予回答，拉开皮夹克拉链，将照片对折，放进吊在脖子上的文件夹里，然后把拉链一直拉到颈部。其间，他的视线始终对着小薰的脸，一刻也不离开。

男人想知道小薰提供信息希望获得什么回报，却不主动发问。他一动不动，双唇紧闭，等待着回答。小薰也抱着胳膊，目光冷冷地看着男人的脸。她也不肯示弱。两人怒目相向，气氛令人窒息。终于，小薰看准时机假咳一声，打破沉默。

“我说，要是你们找到那家伙的话，能不能通知我一声？”

男人左手握着车把，右手轻轻放在头盔上。

“要是找到那家伙的话，通知你一声？”他机械地复述道。

“是的。”

“只要通知一声就行了？”

小薰点头。“只要在耳边悄悄嘀咕一声就行。其他的我并不想知道。”

男人思索了一番，然后用拳头轻击两下头盔顶端。

“找到的话会通知你。”

“等等。”小薰说，“现在还是时兴割耳朵？”

男人微微撇嘴。“命只有一条。耳朵有两只。”

“也许，但少了一只就没法戴眼镜了。”

“的确不方便。”男人说。

对话到此结束。男人戴上头盔，重重踩一下踏板，掉头疾驰而去。

小薰与小麦站在路上，久久无言，望着摩托车消失的方向。

“这家伙简直像个幽灵。”小麦终于开口。

“这会儿正好是幽灵出没的时间。”

“好恐怖哦。”

“当然恐怖。”

两人返回旅馆。

办公室里，小薰独自一人。她双脚搁在桌子上，再度拿起打印出来的头像端详。那是男人的面部特写。小薰低吟一声，望向天花板。

7

2:43

一个男人正面对着电脑工作。就是旅馆阿尔法城的监控镜头拍到的男人。那个身穿浅灰色双排扣风衣、拿走了四〇四室钥匙的男人。他看也不看地敲着键盘，速度快得惊人。尽管如此，十根手指也只能勉强跟上思维的速度。双唇紧闭，始终面无表情。一切顺利，他不会破颜一笑；举步维艰，他也不会泄气灰心。衬衣袖子一直卷到胳膊肘，领扣解开，领带放松。必要时便在一旁的便笺纸上用铅笔记下数字和符号。是带橡皮头的银色长铅笔，上面印有公司名称 veritech。六根相同的银色铅笔整齐地排列在笔盘里。长度都差不多，笔芯尖得不能再尖了。

宽敞的房间。同事们都已回家之后的办公室里，他独自一人留下来干活。桌上的小型 CD 唱机正以适度的音量播放着巴赫的钢琴曲。伊凡·波戈列里奇演奏的《英国组曲》。整个房间一片黑暗，唯独放了他办公桌的地方，荧光灯的光芒从天花板上照下来。很像爱德华·霍普喜欢拿来作画的题材，可定名为《孤独》。但他本人并不觉得这种状况有多寂寞。周围空旷无人，毋宁更令他感到庆幸。可以不受干扰，集中精力，听着心仪的音乐埋头工作。他绝不讨厌工作。至少在专注于工作的那段时间里，不必分心去思考现实中的零零碎碎。只要不惜工本和时间，困难归根结底都可以逻辑性地、解析性地处理。他半是在无意识层面追踪着音乐旋律，盯着电脑屏幕，以不输波戈列里奇的高速运动着指尖。没有多余的动作。那里只存在十八世纪精致的音乐、他，还有分配给他的技术问题。

只是，他似乎不时在意右手背上的疼痛，停下工作，右手几度攥拳再伸开，转动手腕。用左手按摩右手背。然后长舒一口气，转眼看看手表，微微皱起眉。由于右手疼痛，与平日相比，工作的处理稍微有些迟滞。

衣着清爽利落。既不具个性，也说不上讲究得体，然而对穿着也费了一番心思，品位也不算差。衬衣和领带看上去似乎价格不菲，想必是名牌货。长着一副聪颖的相貌，家教看来也不错。左腕上戴的表是优雅的薄型，眼镜则是阿玛尼风格。手掌很大，手指很长，指甲保养得很漂亮，无名指上戴着细细的结婚戒指。

相貌没有显著的特征，然而从细微的表情中看得出此人意志坚定。年龄大概在四十岁左右，至少脸庞四周不见一块赘肉。他的外表给人的印象，就仿佛一间收拾得整整齐齐的屋子。看不出竟是个去情人旅馆玩女人的家伙，更不像个蛮不讲理地殴打对方、剥光衣物抢走了之的角色。然而在现实中，他的确这么做了，而且是不得不做。

电话铃响起，他却不接。表情毫无变化，以相同的速度继续干活，听任电话铃声继续响下去，视线也毫不动摇。铃声响了四下之后，切换成留言功能。

“这里是白川的办公桌，现在无法接听电话。有事请在信号声之后留言。”

信号声。

“喂。”一个女人的声音说道。语音低沉而含混，似乎有些困意，“是我。如果你在那里，能不能接一下电话？”

白川仍然盯着电脑屏幕，拿起手边的遥控器，暂时停下音乐，然后接通电话线路。电话机设定成无须拿起听筒就可以通话。

“我在这里。”白川说。

“刚才我往你那里打电话，你不在。还以为你今晚能早点回家呢。”女人说。

“刚才？你是说几点？”

“大概十一点刚过吧。我留了言。”

白川瞟一眼电话机。的确，留言灯红光闪烁。

“对不起。我没注意到。只顾埋头干活来着。”白川说，“十一点刚过么？我出去吃夜宵了，然后顺便去星巴克喝了一杯玛奇朵。你一直没睡么？”

白川一边说着，一边继续用双手敲击键盘。

“我十一点半先睡下了，做了个讨厌的梦，刚刚醒来，见你还没回家……那今天是什么？”

白川不明白提问的意思。他停止敲击键盘，瞟着电话机。眼角的皱纹猛然加深。“是什么？”

“问你夜宵吃的是什么？”

“啊，是中国菜。老一套呀。因为耐饿嘛。”

“好吃么？”

“呃……也谈不上。”

他将视线收回电脑屏幕上，又开始敲击键盘。

“那，工作呢？”

“事态相当复杂。有个家伙非常粗暴地打进一个球来，天亮之前要是没人修复的话，上午的网络会议就开不成了。”

“自然，那个人又是你喽？”

“没错。”白川说，“回头看看也没别人啊。”

“天亮之前修得好么？”

“当然。我可是顶级高手，哪怕是糟糕透顶的一天，也能设法扳平比分。况且明天上午网络会议开不成的话，收购微软就要泡汤了。”

“你们要收购微软？”

“说着玩呢。”白川说，“不过，大概还得一个小时。然后再打电话叫车，到家总得四点半了吧。”

“那时我大概已经睡着了。六点还得起来给孩子们准备便当呢。”

“你起床的时候，我恐怕正在呼呼大睡。”

“你起床的时候，我正在公司里吃午饭。”

“你回家的时候，我正式开始干活。”

“于是，我们又要失之交臂。”

“到了下个星期，我应该可以恢复正常一点的工作时间了。有人要回来复职，新体系也该稳定下来了。”

“真的？”

“可能。”白川说。

“要是我没弄错的话，记得一个月前你也讲过一模一样的话。”

“其实我就是点击粘贴一下。”

妻子长叹一声：“但愿一切顺利。好想跟你一起吃饭，在一个时间睡觉。”

“嗯。”

“别太累了。”

“放心吧。老样子，我会优美地击出最后一杆，推球入洞，背后沐浴着满场喝彩回家。”

“再见。”

“再见。”

“啊，等等。”

“怎么了？”

“麻烦顶级高手做这种琐事，实在于心不忍——回家路上到便利店帮忙买牛奶，好么？如果有的话，最好是高梨牌的低脂牛奶。”

“没问题，小事一桩。一盒高梨牌低脂牛奶。”

白川关掉电话开关，瞥了一眼手表看时间。伸手端起桌子上的马克杯，喝一口已经冰冷的剩咖啡。马克杯上印着“intel inside”的商标。他按下CD唱机开关播放音乐，右手合着巴赫的音乐忽而攥紧忽而张开。然后做深呼吸，更新胸腔内的空气。接着切换大脑内的电路，着手继续中断的工作。如何才能整合性地找出从A点到B点的最短路径，再度成为重中之重。

便利店内。高梨牌低脂牛奶一盒盒排放在冷柜里。高桥用口哨吹着《天黑后的五元酒吧》的旋律，一边在物色牛奶。他没带东西。伸手拿起高梨牌低脂牛奶，发现是低脂，便紧锁眉头。对他而言，这是可能关乎道德基准的大问题，并不单单是牛奶脂肪成分多少的问题。他将低脂牛奶放回原处，拿起旁边的普通牛奶，查看保质期后放进篮子里。

接着走到水果柜，拿起一只苹果，在灯光下从各种角度检查它。稍不满意便放回原处，拿起另一只同样仔细检查。如此重复数次，挑出了一只虽不完全称心，但也勉强说得过去的苹果。看来牛奶与苹果对他来说，似乎是具有特殊意义的食物。走向收银台途中，发现了放在塑料袋中的鱼肉山芋饼，便拿起一袋，查看印刷在一角的保质期后放入篮中。然后在收银台付了钱，将找回的零头随手塞进裤袋里，走出店门。

坐在附近的路边护栏上，用衬衫下摆仔细地擦拭苹果。气温似乎有所下降，呼出来的气息微微发白。他几乎是咕嘟咕嘟一口气喝光牛奶，然后啃苹果。若有所思，一口口地细嚼慢咽，花了很长时间才吃完。然后用皱巴巴的手帕擦拭嘴巴，将牛奶盒和苹果核放进塑料袋里，拿到便利店门口的垃圾桶那儿扔了。把鱼肉山芋饼装进风衣口袋里，看一眼橘黄色的斯沃琪确认时间，笔直地举起双臂，大大伸了个懒腰。

然后朝着某处，迈步走去。

8

3:03

我们的视点回到浅井爱丽的房间。环顾四周，室内的情形与刚才并无不同。仅仅是伴随着时间流逝，夜更深，沉默更加凝重而已。

——不，不对。不是这样。发生了变化。在这个房间里，与先前相比发生了重大变化。

我们立即发现了不同之处：床上无人。床中央不见了浅井爱丽的身影。从被子毫不凌乱这一点来看，好像并非我们不在的时候她醒来起床前往某处了。床铺得整整齐齐，丝毫没有爱丽刚才还睡在那里的痕迹。奇怪。究竟发生了什么？

环视四周。

电视机仍然开着，放映与方才相同的那个房间的影像。没有家具的宽敞的空房间。毫无个性的荧光灯与亚麻油毡地板。但此时画面稳定得让人以为是换了一台电视，也听不到杂音，图像轮廓鲜明，没有晕圈。电路与某处——不管是何处——稳固相连。电视机明亮的屏幕照着屋内，犹如满月的光芒倾洒在无人的草原上。屋里的每一样东西，或多或少都被置于电视的磁力影响之下。

电视画面。无脸男子与方才一样，坐在同一把椅子上。咖啡色西装，黑色皮鞋，白色粉尘，紧贴在脸上的亮晶晶的面具。姿势和上次看到的相比没有变化。他腰板挺直，双手齐齐地搁在膝上，微微前倾凝视着前方某物。一双眼睛深深隐藏在面具之后。然而凭迹象可以探明他究竟在凝望什么。如此全神贯注究竟在凝视什么？仿佛是回应我们的疑问，摄像机沿着男子的视线向前推移。视线尽头放着一张床。简素的单人木床——上面睡着浅井爱丽。

我们将这边房间里的空床与电视上的床进行对比，对细节一一加以比较。无论怎么看，这两张都是同样的床。床罩也是同样的床罩。然而一张床在电视上，另一张在这边的房间里。而且电视中的那张床上，睡着浅井爱丽。

想必那边那张是真的床吧，我们推测。真床在我们的视线暂离此地期间（从我们离开这个房间算起，已然过去了两个多小时），连同爱丽一起被运到那边去了。这边只留下了一张床作为替身，恐怕是用来填补理应存在于此的虚无空间的印记。

在异界的床上，爱丽与置身于这个房间时一样，继续昏昏沉沉地睡着。同样美丽地，同样浓稠地。对于自己（或许应当说是自己的肉体）被某只手搬进了电视画面一事，她毫未觉察。就连天花板上成排的荧光灯发出的炫目灯光，也照不进她那睡眠的海沟深处。

无脸男子用深藏不露的眼睛从帷幕深处守望着爱丽，将深藏不露的耳朵毫不懈怠地对准她。爱丽也好无脸男子也好，都始终维持同一个姿势。仿佛拟态的动物一般，两人各自减少呼吸、降低体温、保持沉默、放松肌肉，将意识的出口涂抹得严严实实。我们看到的，一见之下似乎是静止画面，其实并非如此。那是同步传递到这边来的实时画面。这边的房间也罢，那边的房间也罢，时间同样均一地流逝。两者处于相同的时间性之中。无脸男子的肩膀偶尔缓慢地起伏，我们由此得知实情。不管彼此的意图何在，我们均以相同的速度，被运向时间的下游。

9

3:07

云雀店内。客人的身影与先前相比显得稀疏。那群吵吵嚷嚷的大学生已经不见了。玛丽坐在靠窗的餐桌边，依然在看书。她没戴眼镜，帽子放在桌上，挎包和运动夹克搁在邻座。桌上是一盘三明治和一杯花草茶。三明治还剩下一半。

高桥走进店里。没带东西。他环顾店内，找到玛丽的身影，径直向她走来。

“嘿！”他招呼道。

玛丽抬起脸，看到是高桥，便微微点头。一语不发。

“要是不妨碍你的话，我可以在这儿坐一下吗？”

“请便。”玛丽用中立的声音答道。

高桥坐在她对面，脱去外套，把毛衣袖子往上拽了拽。女招待走过来，请客人点餐。他点了咖啡。

高桥看一眼手表。“凌晨三点。现在是最黑暗最难熬的时刻。怎样，不困么？”

“不怎么困。”玛丽说。

“我昨晚基本没睡觉。得赶一篇烦人的论文。”

玛丽不发一言。

“是小薰跟我说的，说你可能在这里。”

玛丽点头。

高桥说：“刚才对不起。就是那个中国女孩的事。我正在排练，小薰打我的手机，问我有没有人懂中国话。那东西谁懂呀？于是我忽然想到了你。就跟她说，到丹尼餐厅去，有一个长相这般、叫浅井玛丽的女孩子，会说一口流利的中国话。但愿没给你添麻烦。”

玛丽用指尖揉揉眼镜留下的印痕。“那倒没关系。”

“小薰姐说，你帮了大忙，很感谢你。她好像对你很满意。”

玛丽转换话题。“排练结束了？”

“中场休息。”高桥答道，“我想喝杯咖啡提提神，而且总得向你道声谢呀。我担心会不会给你添麻烦。”

“什么麻烦？”

“我不知道。”他说，“总之，不管那是什么，我担心会不会有什么麻烦……”

“演奏音乐很开心？”玛丽问。

“嗯。演奏音乐的开心程度仅次于在天上飞。”

“你在天上飞过吗？”

高桥微笑了。他就这么面带微笑过了一会儿。“没有，我没在天上飞过。”他说，“比喻嘛。只是比喻。”

“你打算做个职业音乐家？”

他摇头。“我没有那样的才华。搞音乐非常非常开心，但靠它混不上饭吃。做好某件事情和真正创造出某种东西有天壤之别。我觉得自己能把长号吹得相当好。也有人赞扬我，受到赞扬当然令人愉快。但仅此而已。所以我打算干完这个月就离开乐队，洗手不搞音乐了。”

“你说真正创造出某种东西，具体是指什么？”

“这个么……通过将音乐传递到心灵深处，自己的身体也或多或少产生物理上的移动，与此同时，听者一方的身体也或多或少产生物理上的移动。就是指催生出这样一种共享状态，大概。”

“好像很难。”

“非常难。”高桥说，“所以我退出，在下一站换乘别的电车。”

“再也不碰乐器了？”

他翻起放在餐桌上的双手，手心向上。“也许。”

“去找工作？”

高桥摇头。“不，不找工作。”

“那干什么？”玛丽稍稍过了一会儿问道。

“我打算认认真真地学习法律，争取通过司法考试。”

玛丽沉默。但好奇心似乎多少被撩起来了。

“呃，恐怕得花很长时间。”他说，“我虽然在念法学系，可以前一门心思搞乐队，学习不过是敷衍了事。如今再洗心革面用心学习，只怕也没那么容易追上去了。这世道可不是那么简单哦。”

女招待端来咖啡。高桥加入奶油，叮叮当当地用小匙搅拌，喝着。

高桥说：“说实话吧，诚心诚意地想好好学点什么，有生以来这还是头一次。我学习成绩倒一向不算差。虽然不是特别优秀，但也不坏。总能在关键地方恰到好处地抓住重点，拿个像样的分数。这是我的拿手好戏，所以考进了一所还说得过去的学校。这么下去的话，恐怕会进一家还说得过去的公司就职，然后娶一个还说得过去的老婆，拥有一个还说得过去的家庭……对不对？可是，我对这些感到厌倦了。突如其来地。”

“为什么？”玛丽问。

“你是问我，为什么忽然打算好好学习了？”

“对。”

高桥双手端着咖啡杯，眯起眼睛望着她的脸，就像从窗缝里窥视房间内部。“就是说，你是当真想听到回答才问的？”

“当然。一般来说，人们都是想听到回答才提问吧？”

“按道理是。但也有不少人只是出于礼貌才提问。”

“那我就搞不懂了，我干吗得出于礼貌向你提问呢？”

“那倒是。”高桥略一沉吟，将咖啡杯放回小碟子里，发出一声清脆的响声，“我的说明有两个版本，一个长的一个短的，你想听哪一个？”

“中间的。”

“知道啦。一个中等尺寸的回答。”

高桥在脑海中略微整理一番想说的话。

“从今年四月开始到六月，我跑了好多次法院。霞关的东京地方法院。在那儿旁听了几次审判，因为有个讨论班的课题，得就此写出一篇论文来。嗯……你去过法院吗？”

玛丽摇头。

高桥说：“法院和影城很像。一天的审理内容和开场时间，都像节目单一样列表张贴在门口的告示牌上，大家从中挑选自己感兴趣的去旁听。不管是谁都可以自由出入。但不能把照相机和录音机带进去。也不能带食物。还禁止聊天。座位又窄又小，打瞌睡的话还会受到法警的警告。但毕竟是免费入场嘛，不能太挑剔。”

高桥顿了顿。

“我主要是旁听刑事案件。像什么暴力伤害案、纵火案、抢劫杀人案之类的。有个坏人干了坏事，被逮个正着，押来审判，接受惩罚。这样的东西不是浅显易懂嘛。如果是经济犯和思想犯的话，案件背景错综复杂，善恶难以辨明，这么一来就太麻烦了。我本来只打算三下五除二写出一篇论文，拿个说得过去的学分，就算大功告成。就和小学生暑假作业里写的牵牛花观察日记一样。”

高桥在此打住，望着自己放在桌上的手掌。

“可是呢，跑过几趟法院，旁听了一阵案件审理之后，我开始对那些审理的案件、对观察那些与案件相关的人员产生了莫大的兴趣。不如说，我渐渐觉得那些不再是与己无关的闲事了。这是一种奇妙的心情。你想，在那儿接受审判的人，怎么想都是和我不同的类型。住在和我截然不同的世界里，思维方式和我不一样，行为方式也不一样。那些人居住的世界和我居住的世界之间有道坚固的高墙。一开始我是这么认为的。要知道，我这个人大体不存在犯下恶性犯罪的可能。我是个和平主义者，性情温厚，从小就没对别人挥过拳。所以我能做一个彻底的旁观者，对审判作壁上观，视之为不相干的闲事。”

他抬起脸看玛丽，然后斟词酌句。

“可是跑跑法院，旁听过相关者的证词、检察官的诉词、律师的辩护词和本人的陈述，我渐渐失去自信了。就是说，我渐渐产生了一种想法：那堵分隔两个世界的高墙也许并不存在。就算它存在，没准也只是一道纸糊的薄墙。身体只要往上一靠，说不定就会摔落到那边的世界去。或者说，那边的世界没准早已偷偷钻进了我们自身之中，只是我们没有察觉而已。我渐渐生出这样的念头。但很难用语言表达清楚。”

高桥用手指抚弄着咖啡杯口。

“可是一旦动了这样的念头，许许多多事情看上去就跟以前大不相同了。就连审判制度本身，在我眼里好像都变成了一种特殊的奇异生物。”

“奇异生物？”

“比方说，对了，就像章鱼。栖息在深深海底的巨大章鱼。有着顽强的生命力，扭动着无数条长腿，在黑暗的海洋里东冲西撞。我旁听审判时，不由得联想到这种生物的形象。这东西会幻化成各种各样的形态。有时变成国家，有时变成法律，还可能变成更复杂、更难以对付的形态。长腿层出不穷，怎么砍也砍不光。谁都没办法杀死这家伙。因为它太强大了，住的地方太深了。我们甚至连它的心脏在什么位置都一无所知。我当时感受到的是深深的恐怖。还有绝望，好像不管我逃多远，也逃不出这家伙的手心。而这家伙对于我是我、你是你这样的事实，根本没放在心上。在这家伙面前，所有人都丧失了姓名，丧失了面孔。我们每个人都仅仅是个符号，是个号码。”

玛丽直视着他的脸。

高桥喝一口咖啡。“这种话题，是不是太平淡？”

“认真听着呢。”玛丽说。

高桥将咖啡杯放回碟子上。“那是两年前的事了，在立川发生过一起杀人纵火案。一个男人用柴刀砍死一对老夫妇，抢走存折和印章，为了销毁证据，还放火把房子烧了。那夜风大，附近房屋被烧掉了四家。这家伙被判处死刑。就现在日本的审判案例来说，这是理所当然的判决。只要是抢劫杀人致死二人以上，几乎全判死刑。绞刑。何况他还放火。这个家伙本来就不是好东西，有暴力倾向，以前坐过多次牢，就连家人也早已跟他断绝关系。他毒瘾严重，每次释放出狱后都会再次犯罪。看不到一丝一毫的悔改之心。就算提出上诉，也百分之百会遭到驳回。甚至连律师都是由官方指派，他从一开始就打算放弃辩护。所以哪怕判处死刑，也不会有人震惊。连我也不会吃惊。听着审判长宣读判决书，我边做笔记边想这是当然的结果。之后审判结束，我从霞关车站坐地铁回家，坐在书桌前开始整理审判笔记，这时忽然陷入了一种无所适从的心境。该怎么说呢？就像全世界的电压陡然下降，一切都变得暗了一层、冷了一层。身体开始瑟瑟发抖，抖个不停。过了一会儿竟然渗出了泪珠。这是怎么回事？无法说明。那个家伙被判了死刑，我为何如此张皇失措？你想，那可是个十恶不赦的坏蛋。那家伙跟我之间应该没有任何共性和联系。可是，我怎么会如此心绪不宁？”

这个疑问以疑问的形式搁置了三十秒钟。玛丽等着下面的话。

高桥继续说道：“我想说的大概是这么回事。如果一个人，无论他是怎样的人，被巨型章鱼一样的怪物死死缠住拖进黑暗之中，那不管赋予它何等理由，都是一件不可忍受的事情。”

他望着桌子上方的空间，长叹一声。

“总之，以这一天为界，我开始想要好好学习法律。那里面说不定有值得我探求的东西。学法律可能没有搞音乐那么开心，但也是没办法的事，这就是人生，这就是长大成人。”

沉默。

“这就是你中等尺寸的说明？”玛丽问。

高桥点头。“可能长了点。因为我还是头一次跟别人说这件事，尺度很难把握……哎，剩下的三明治，要是你不吃的话，我可不可以吃一块？”

“剩下的可是金枪鱼。”

“没问题。金枪鱼是我最爱吃的东西。你不爱吃吗？”

“爱吃。不过吃了金枪鱼，水银容易积存在体内。”

“是么？”

“水银积存在体内，过了四十岁就容易导致心脏病发作。还容易脱发。”

高桥露出不悦的神情。“就是说，鸡肉不能吃，金枪鱼也不能吃喽？”

玛丽点头。

“两个刚好都是我的最爱。”他说。

“真不凑巧。”玛丽说。

“还有土豆色拉也是我的最爱，土豆色拉有什么重大问题吗？”

“我看土豆色拉没什么特别的问题。”玛丽说，“如果不计较多吃容易发胖这一点的话。”

“发胖我倒无所谓。本来就太瘦了。”

高桥拿起一块金枪鱼三明治，津津有味地吃起来。

“这么说，到考取司法资格为止，你打算一直做个学生？”玛丽问。

“是啊。打一份简单的工，暂时要过一阵苦日子啦。”

玛丽若有所思。

“你看过《爱情故事》么？老片子。”高桥问。

玛丽摇头。

高桥说：“前阵子电视上放过。蛮好看的。瑞恩·奥尼尔是个名门望族的独生子，大学还没毕业就跟一个意大利裔的穷人家女孩结了婚，于是被逐出家门，断绝了父子关系。学费也停掉了。两个人虽然贫穷，却仍然刻苦学习，以优异的成绩从哈佛法学院毕业，做了律师。”

高桥说到这里歇了一下，然后继续道：

“就连贫穷这东西，让瑞恩·奥尼尔来演都变得优雅起来了。他穿着雪白的厚毛衣，和艾尔丽·麦古奥打雪仗，背景中流淌着弗朗西斯·莱伊感伤的音乐。但要是我去演的话，肯定就不成体统了。在我这儿，贫穷说到底无非就是贫穷。就连雪，只怕都不会堆积得那么美呢。”

玛丽仍在思索。

“至于瑞恩·奥尼尔历尽千辛万苦当上律师之后做了什么，这种信息根本就没有告诉观众。我们知道的无非是他进了一流法律事务所，拿上了众人眼红的高薪，住在曼哈顿头等地段的高级公寓里，门口有人看门；加入了专为瓦斯普[1]服务的体育俱乐部，一有空就跟雅皮士伙伴们去玩壁球。就这么点儿。”

高桥拿起玻璃杯喝水。

“后来怎么样了？”玛丽问。

高桥眼睛微微上翻，回忆情节。“大团圆。两个人从此以后过着永远幸福健康的生活。爱的胜利。从前苦不堪言，如今幸福圆满，就像这种感觉。开着崭新的捷豹车，玩玩壁球，冬天里不时打打雪仗。另一方面，把儿子撵出家门的父亲却又是糖尿病又是肝硬化又是美尼尔氏综合症，诸病缠身，最后在孤独中死去。”

“那我就不明白了，这种故事到底有什么好看的？”

高桥歪着头想了一下。“是呀，有什么好看呢？我想不起来

---

① WASP，White Anglo-Saxon Protestant，原指美国的新教上流社会，常作贬义。

了。因为有事，最后那部分我没好好看……对了，咱们去散散步，换换心情怎样？走不了几步路，有个聚集着猫咪的小公园。咱们把带水银的三明治拿去分给它们吃吧。我这儿还有鱼肉山芋饼。你喜欢猫咪吗？”

玛丽微微点头，把书收进挎包里，站起身。

两人走在大街上。此刻没有交谈。高桥边走边吹口哨。一辆漆黑的本田摩托车减速驰过他们身旁。是到阿尔法城去接那个应召女郎的中国男人骑的摩托车。头发梳成马尾的男人。此时他没有戴那个全罩式头盔，十分谨慎地看向四周。但他与两人之间并无交叉点。沉重的引擎声逼近两人，就此超了过去。

玛丽问高桥：“你和小薰是怎样的朋友？”

“我在那家旅馆里打过大概半年工。就在阿尔法城。扫地啦，还有各种各样的底层劳动，另外还干点电脑方面的活。像更换软件啦，处理故障啦，甚至连安装监控镜头也干过。在那里工作的都是女人，像我这样的也算是壮劳力了，有时很受重视。”

“你是通过怎样的机缘到那里去打工的？”

高桥有些茫然。“机缘？”

“肯定会有个机缘吧？”玛丽说，“关于这件事，小薰好像有点含糊其辞。”

“这话有点说不出口。”

玛丽沉默不语。

“好了，讲出来算了。”高桥终于死心，说道，“其实我跟一个女孩进过那家旅馆，就是说作为房客去的。谁知道完事之后出来，才发现钱没带够，那女孩也没带。当时我们喝了酒，没好好想过前因后果。没办法，就把学生证押在那里了。”

玛丽并不发表感想。

“真的，惭愧得很。”高桥说，“第二天，我带着钱去交了不足的部分。没想到小薰叫我喝杯茶再走，于是东拉西扯地聊了会儿，结果让我第二天就去她那儿打工。简直像生拉硬拽一样。工资虽然不高，饭倒是可着肚皮吃。现在用的那个排练场地也是小薰介绍的。她外表有点粗鲁，其实很体贴人。现在我偶尔还去玩玩。电脑出毛病了也喊我去。”

“你和那个女孩后来怎样了？”

“一起进旅馆的女孩？”

玛丽点头。

“就那么一回。”高桥说，“之后再也没见过面。一定是对我很不屑吧，因为我傻头傻脑的嘛。但我对那个女孩也不怎么动心，所以无所谓。就算继续交往下去，只怕迟早也会各奔东西。”

“你跟不怎么动心的人也会进旅馆吗？常常？”

“怎么可能呢？我可没那福气。进情人旅馆那还是生来第一次呢。”

两人继续走着。

高桥辩解似的说：“而且，那一次也不是我主动的。是她先提议说‘咱们去吧’。这可是实话。”

玛丽沉默不言。

“不过，这话说来就长啦。其中有内情。”高桥说。

“你这个人倒有很多长话嘛。”

“说不定真是。”他承认道，“为什么呢？”

玛丽说：“哎，你刚才不是说没有兄弟姐妹吗？”

“嗯，我是独生子。”

“既然你跟爱丽念的是同一所高中，那在东京肯定有家喽？为什么不住在父母那里？那样不是可以过得舒服些吗？”

“这也是说来话长。”

“就没有短的版本？”

“有。非常之短。”高桥说，“想听吗？”

“嗯。”玛丽说。

“母亲不是我生物学意义上的母亲。”

“所以关系处不好？”

“不，也不是说处不好。你看，我不是那种无事生非的人。但又不愿意每天笑容满面地围坐在餐桌边，东家长西家短地聊天。而且我本来就不是以独处为苦的性格。更何况我和父亲很难说是维持着特别友好的关系。”

“就是说父子不和？”

“怎么说呢，性格不同，价值观也不同。”

“你父亲是做什么的？”

高桥一言不发地注视着脚下，缓步向前。玛丽也沉默不语。

“他是做什么的，我也搞不清楚，老实说。”高桥说，“但总而言之，我有一种无限接近确信的推测，他没做出特别值得赞许的事情。还有，这话我很少告诉别人——我还很小的时候，他坐过几年牢。总之，他是个反社会的人，一个罪犯。这也是我不愿待在家里的理由之一。因为那样免不了琢磨遗传因子会如何如何。”

玛丽不耐烦似的说：“这就是那个非常之短的版本？”然后笑了。

高桥望着玛丽的脸。“你终于笑啦。”

10

3:25

浅井爱丽继续昏睡。

然而刚才还坐在一旁的椅子上热切凝望着爱丽脸庞的无脸男人，却不见了踪影。椅子也消失了，无踪无迹。因此房间比方才更加落寞，更加冷清。在大致正中央的位置有张床，上面躺着爱丽。望上去仿佛一个人躺在救生艇里，孤零零地漂荡在平静的大海上。我们从这一侧，亦即现实中爱丽的房间里，透过电视屏幕眺望着这番光景。似乎存在于那一侧房间里的摄像机拍下爱丽的睡态，传递到这一侧来。每隔一定的时间，摄像机的位置与角度就会变化。忽而稍稍抵近，忽而稍稍拉远。

时间流逝，然而什么都不曾发生。她纹丝不动，无声无息，仰面朝天漂浮在既无波浪亦无水流的纯粹思维的海面上。尽管如此，我们却无法将目光从传送过来的图像上移开。为什么？理由不明。但我们通过某种直觉，感知到那里存在什么。有什么活物在那里。它抹消存在的迹象，潜伏在水面之下。为了看清那个肉眼辨认不出的东西的所在，我们细心地眺望着一动不动的画面。

——这时，浅井爱丽的嘴唇似乎微微一动。不，也许说不上是动，而是若有若无的细微颤抖。也许只是画面的闪烁，是眼睛的错觉。也许是企求变化的心唤来了这样的幻觉。我们为了确认这一点，更加聚精会神地观察。

摄像机的镜头仿佛觉察到我们的意志，向着拍摄对象抵近，对着爱丽的嘴角来了个特写。我们屏住呼吸，紧盯着电视屏幕，耐心地等待接着必定到来的东西。嘴唇再度颤抖。肌肉转瞬即逝地痉挛。对，与方才相同的微动。没错，并非眼睛的错觉。浅井爱丽的身上，果然有什么正在发生。

在这一侧被动地看着电视屏幕，我们渐渐感到不够过瘾，想亲眼看清那间屋子的内部，想在更近处观察爱丽表现出的细微变动（那大约是意识的胎动），想更具体地推测其意义何在。于是我们断然决定移到屏幕的那一侧去。

一旦下了决断，实施并非难事。只须游离肉体，将实体留在身后，化作无质无量的观念性视点即可。这样一来，无论何种墙壁都能穿越过去，无论何种深渊都能飞跃过去。而且，我们果真变成一个纯粹的点，穿过隔开两个世界的电视屏幕，从这一侧移到了那一侧。当我们穿越墙壁、飞过深渊时，世界发生巨大的扭曲，破裂崩溃，一度消失不见。一切都变成不掺杂质的细尘，向四方飞散。然后世界再次重新构筑。新的实体围裹着我们。一切都发生在眨眼之间。

于是现在，我们置身那一侧，那个电视屏幕方才播映的房间里。我们左顾右盼观察情况。一种久未打扫过的房间特有的气味扑鼻而来。窗户被关死，空气不流通。冷冷的，微微有些霉味。深邃的沉默几乎让人觉得耳朵痛。空无一人，也没有迹象说明有什么东西潜藏在这里。纵使这里有什么东西潜藏，也已经离去了。此时存在于这里的，只有我们和浅井爱丽。

房间正中的单人床上，爱丽依然继续昏睡。似曾相识的床，似曾相识的床单。我们走到她身边，凝望她的睡容。投入时间细致地观察细节。正如先前已说过的，作为纯粹视点的我们能做的，唯有观察罢了。进行观察，收集信息，如有可能就下判断。绝不允许触碰她，也不能跟她说话，甚至不能把我们的存在拐弯抹角地暗示给她。

须臾，爱丽的面孔再次出现微动。是肌肉的反射活动，仿佛在驱赶脸颊上的小小羽虱一般。然后右眼睑微微颤动几次。思维的波浪起伏摇曳。在她微暗的意识一角，某个细小的断片同另一个细小的断片无声地呼应，犹如涟漪扩散开去般结合为一体。这一过程就在我们眼前展现。如此，一个单位便形成了，紧接着与另一个在别处形成的单位结合，自我认识的基本体系逐渐成形。换个说法，她正朝着苏醒一步步迈进。

苏醒的速度尽管缓慢得令人心焦，却有进无退。体系虽然不时表现出犹疑，却在一刻一刻扎实地向前推进。一个动作到下个动作之间的时间空白也逐渐缩短。肌肉活动最初只限于脸部，慢慢地扩展到了全身。到了某一刻，肩膀静静向上抬起，白皙的小手从被子底下露了出来。是左手。左手比右手先一步苏醒。指尖在新的时间性中解冻，舒展，为了追求某样东西而笨拙地开始活动。未几，那根手指作为自立的小生物，在床单上移动起来，贴在纤细的喉咙上。怯生生地，仿佛在探索自身肉体的意义。

不一会儿，眼睑张开。然而在天花板上成排荧光灯的照射下，短短一瞬之后又闭合起来。她的意识似乎在拒绝苏醒，希求排除面前的现实世界，在充满谜团的柔软的黑暗中永无期限地沉睡下去。另一方面，她的肌体机能却在追寻明确无误的苏醒。它希求着新的自然的光。这两种力量在她的躯体内缠斗纠葛，然而志在苏醒的力量最终赢得了胜利。眼睑再度开启，缓缓地，犹豫不决地。但还是炫目。荧光灯亮得过分。她抬手掩住双眼，侧过脸去，面颊贴在枕头上。

时间兀自流逝。有三分钟，要不就是四分钟，浅井爱丽保持同一姿势躺在床上，双目紧闭。她又沉沉睡去了吗？不，不对。她是在投入时间，让意识习惯苏醒的世界。如同被转移到气压迥异的房间的人调整身体机能一样，时间在这里起着重要作用。她的意识认识到不可避免的变化已然前来，虽不情愿，却也准备接纳它。感觉到一丝恶心。胃在收缩，似乎有东西翻腾上来。不过反复多次深呼吸，好歹对付过去了。恶心感终于退去，但另一种不快又清楚地显现出来。手足发麻，轻微耳鸣，肌肉疼痛。因为有太长一段时间，她都在保持着同一个姿势昏睡。

时间继续流逝。

不久，她从床上起身，用迷糊的目光环顾四周。异常宽敞的房间。空无一人。这里究竟是什么地方？我在这里干什么？她尝试搜寻记忆。但每一种记忆都如短短的线头般立时断掉。她明白的只有一点，自己好像在这里一直昏睡到现在。证据就是我人在床上，身着睡衣。这是我的床，我的睡衣。没有错。可是，这里不是属于我的地方。浑身发麻。假如我刚才是在睡觉，那一定睡了很久，睡得很沉。但是究竟有多久却无从想象。刚打算探个究竟，太阳穴就开始疼起来。

毅然钻出被窝。赤裸的脚小心翼翼地踩到地板上。她身穿睡衣。没有图案的蓝色睡衣，质料光滑。房间内的空气微凉，她拉起薄薄的床罩，像披肩一样裹在睡衣上面。打算迈步，却不能笔直前行。因为肌肉回忆不出原先的步态。然而她努力地一步一步向前走。平坦的亚麻油毡地板在事务性地审度她、盘问她。它们冷冰冰地问：你是谁？在这里干什么？当然，她无法回答。

她走到窗边，两手撑在窗框上，透过玻璃凝目眺望。然而窗外没有叫做风景的东西。那里有的是类似纯粹的抽象概念的无色空间。她用双手擦拭眼睛，大口呼吸，再次将视线投向窗外。可是除了空白仍然什么也看不见。她试图打开窗子，却打不开。每一扇窗户她都依次试过，但扇扇都像被钉死了一般纹丝不动。弄不好这是在船上，她想。这种念头浮上脑际，是因为体内感觉到轻微的摇晃。我也许正在一艘大船上，为了防止波浪涌进舱室，窗户都封闭了起来。她侧耳细听，试图听出引擎的低鸣和船体破浪的声响。然而传入耳中的只有连绵不绝的沉默的回音。

花时间在这个宽敞的房间绕一圈，摸摸墙壁，摸摸开关。不管哪个开关，不管是往上提还是往下按，天花板上的荧光灯都不会熄灭。什么事情都没有发生。房间里有两扇门，贴着极普通的装饰板。她转动其中一扇的把手，但只能空转，没有反应。推也好拉也好，门都岿然不动。另一扇门也一样。这里所有的门与窗各个都如独立的生物，向她传递着拒绝的信号。

双手握拳狠命敲门。期待有人听到声响，从外面把门打开。但不管她怎样用力敲打，门都只是发出微弱得惊人的低响。几乎连她自己的耳朵都听不见，谁（假定外边有谁）都不可能听见这样的声响，徒然把双手敲得生疼。她感到脑袋深处有类似眩晕的感觉，体内的摇晃比方才更为强烈。

我们发现，这个房间与白川在深夜里工作的那间办公室相似，非常相似。或许就是同一个房间。只不过此刻完全变成了空屋子。家具、机器和装饰被一件不剩地取走，剩下的唯有天花板上的荧光灯。一切物件都被搬出房间，最后一个人关门离去，从此这个房间的存在被整个世界忘却，沉入海底。被吸入四壁的沉默与霉菌的气味，向她也向我们暗示着时间的流逝。

她蜷缩在地板上，背倚着墙静静地闭上双眼，等待眩晕与摇动平息。过一会儿，她睁开眼睛，拾起掉落在一旁地板上的东西。是一支铅笔，带橡皮头，印有 veritech 的字样。是与白川所用的相同的银色铅笔。笔头磨秃了。她拿着那支铅笔，久久地望着，但对 veritech 这个名字毫无印象。是公司名称吗？还是某样产品的名字？不晓得。她微微摇头。除了这支铅笔，再也找不到可能带给她关于这个房间的信息的东西。

自己为什么孤身一人被弃置在这种地方？她无法理解。她对这地方毫无印象，想不出任何头绪。到底是什么人出于什么目的把我搬运到此地来了？难道我已经死了？难道这是死后的世界？她在床沿坐下，试着研究这种可能性，但难以认定自己已然死去。而且死后的世界肯定不是这样。假如独自一人被禁锢在孤绝的写字楼空房间里便是死后的状态，那不是太无药可救了吗？难道这是梦？不，不对。要是梦的话，未免前后太连贯，细节太具体太鲜明了。我可以用手实实在在地触摸这里的东西。她用铅笔尖猛刺手背，确认痛感。还用舌头舔橡皮，确认它的确发出橡皮味儿。

她得出结论，这是现实，是另一种现实取代了我原有的现实。不论这现实来自何方，也不论是谁把我搬运来此地，总之我是孑然一身，被弃置与禁锢在这既无风景又无出口的遍布尘埃的怪房间里。难道是我发疯了？结果被送进疯人院来了？不，肯定不对。根据常识思考，怎么可能有人自带卧床来住院？首先这个房间看上去就不像病房，也不像监狱。这里就是——对，就是一个大房间而已。

她回到床上，用手抚摸被子，轻敲枕头。然而那就是普普通通的被子、普普通通的枕头。既不是象征，也不是观念，而是现实的被子和现实的枕头。这些东西不会带给她任何线索。爱丽用指尖摸遍自己的脸，隔着睡衣用双手碰触自己的乳房，确认这就是平日的自己。美丽的脸庞，形状优美的乳房。我就是这么一团肉块，一份资产，她不着边际地想道。于是她开始觉得，自己就是自己这件事忽然变得靠不住了。

晕眩消失了，而摇晃还在继续。有一种感觉，似乎支撑躯体的立足点被逐一拆除。身体内侧失去必需的重量，正渐渐变成空洞。迄今为止让她成为她的器官、感觉、肌肉和记忆，正在被某只手巧妙地逐一剥夺。她明白，结果自己将变得什么也不是，最终沦落为一个便于外部事物贯穿而过的存在。孤独无依的感觉强烈地袭上全身，她不寒而栗。她大声呼喊。我不！我不愿被弄成那样！她以为自己在大声呼喊，但从喉咙里冒出的不过是微弱得几乎听不见的声音。

她期盼着再次沉沉睡去。大睡一觉，醒来后又回到了属于自己的现实。要能这样该多好！此时此刻，爱丽只能想到这一个逃离房间的办法。值得一试。但这样的睡眠只怕不会轻而易举地给予她。理由便是她方才刚刚从睡眠中醒来，而且睡了太长时间，睡得太过深沉。深沉得几乎将原来的现实都遗忘在了某地。

将拾得的银色铅笔夹在指间，试着滴溜溜地转动，隐隐期待着这样的感觉能引出某种记忆。可是她从指尖感觉到的仅仅是无边的心灵饥渴。她不由得将那铅笔扔在地板上，躺倒在床上，裹起被子，合上眼睑。

没有人知道我在这里，她想。这个我明白。**没有人知道我在这里**。

我们知道，然而我们没有资格干预。

我们从上方俯视着她躺在床上的身姿。然后作为视点逐渐向后方拉开。穿过天花板，不断向后拉开，一直拉开。浅井爱丽的身姿随之越变越小，变成一个点，不久便消失了。我们提高速度，径自后退，穿过平流层。地球变小，最后也消失了。在虚无的真空中，视点无休止地后退。无法控制它的活动。

回过神来，我们回到了浅井爱丽的房间。床上没有任何人。看得见电视画面。上面呈现出一片沙尘暴。沙沙的刺耳噪音。我们漫无目的地望了一会儿沙尘暴。

房间越来越暗。光亮急速消失。沙尘暴也消失。完全的黑暗到来了。

11

3:42

玛丽和高桥并肩坐在公园的长椅上。位于都市中央的细长的小公园。周边有老旧的公有住宅，一隅为孩子们建造了游乐场，有秋千，有跷跷板和饮水处，水银灯将周围照得敞亮。黑黢黢的树木在头顶上大片地舒展着枝条，还有丛丛花木。树木落下的叶子堆积成片，遮覆住地面，踏在上面便咯吱咯吱地发出干燥的声响。凌晨四点之前的公园里，除了他们两人，再不见一个人影。晚秋的白月亮仿佛锐利的弯刀悬在空中。玛丽膝头躺着一只白色小猫，喂它用纸巾包着带来的三明治。小猫咪似乎吃得津津有味。她轻轻地抚摸小猫的背。还有几只猫咪在稍稍离开些的地方张望着这一幕。

“我在阿尔法城打工时，休息时间经常带着吃的东西，到这里来摩挲猫咪。”高桥说，“现在我是一个人租房子住，不能养猫，所以很怀念摸着猫咪的手感。”

“你在家时养过猫？”玛丽问。

“我没有兄弟姐妹，就用猫来代替啦。”

“不喜欢狗？”

“狗也喜欢，养过几条。但还是猫更好。纯属个人爱好。”

“狗和猫我都没养过。”玛丽说，“因为姐姐对动物毛过敏。她会没完没了地打喷嚏。”

“是这样啊。”

“她从小就对各种各样的东西过敏。杉树花粉，豚草，青花鱼，虾，刚刚涂上的油漆。还有好多好多东西。”

“刚刚涂上的油漆？”说着，高桥皱皱眉，“对这个过敏，我可是闻所未闻。”

“反正就是那样。她真的会出现症状。”

“什么症状？”

“出荨麻疹，还会没办法呼吸。支气管里长出一粒粒的小疙瘩，这么一来只好去医院了。”

“每次从刚涂的油漆前面走过都这样？”

“也不是回回都这样，但有时候会。”

“就算不是每次，那也很够戗啊。”

玛丽沉默，摩挲着猫。

“那么你呢？”高桥问。

“你是问过敏吗？”

“对。”

“我倒没有这种情况。”玛丽说，“连病都没生过一次……所以在家里，姐姐是多愁善感的白雪公主，我就是粗壮结实的牧羊女。”

“白雪公主一家也不需要两个嘛。”

玛丽点头。

高桥说：“但是，健康的牧羊女倒也不坏，还不必一一在乎油漆涂得咋样。”

玛丽看着高桥的脸。“事情可没那么简单。”

“当然不会那么简单。”高桥说，“这个我明白……哎，这儿不冷吗？”

“不冷呀。没问题。”

玛丽又撕下一块金枪鱼三明治，喂给小猫咪吃。小猫大约是饿坏了，吃得很专心。

高桥犹豫不决，不知道该不该谈起那件事，最终还是决定说出来。“说句老实话，其实只有那么一次，我跟你姐姐促膝长谈过。”

玛丽看着他的脸。“什么时候的事？”

“大概是今年四月吧。傍晚时分，我因为要找一样东西去了塔瓦唱片行，在门前偶然碰到了浅井爱丽。我一个人，她也是一个人。起先是普普通通地站着聊了一会儿，结果说着说着话题就收不住了，于是进了附近一家咖啡馆。一开始说些不痛不痒的闲话，就像高中同学久别之后偶然在路上重逢常聊的那些，谁谁怎么怎么啦之类的。可是后来她提议说，咱们换个地方，找家有酒喝的馆子。谈话就开始深入个人问题了，该怎么说呢？她好像有很多话要讲。”

“深入个人问题？”

“对。”

玛丽面露不解的神情。“她怎么会跟你谈论这种问题呢？在我的印象里，你跟爱丽的关系并没有那么亲密。”

“当然，你姐姐和我并不亲密。两年前和你一起去那家宾馆的泳池，我才头一次和她说话。就连她知不知道我的全名，我都有点怀疑呢。”

玛丽继续默默地摩挲膝上的小猫咪。

高桥说：“不过，她那时候肯定是特别想找个人谈一谈。本来这种话应该跟要好的女友说，可是你姐姐大概没有能交心的女友，所以就选了我来代替。碰巧是我而已，其实不管是谁都无所谓。”

“但是，为什么是你呢？据我所知，她可是从来就不缺男朋友的。”

“肯定不缺。”

“可她竟然是和在路上巧遇的你，也就是说和一个并不亲密的人，敞开心扉深谈个人问题。这是怎么回事？”

“是啊……”高桥就此沉吟片刻，“也许是因为我这个人看上去无害吧。”

“无害？”

“就是说，就算暂时畅谈心事也不会造成威胁。”

“我听不懂。”

“就是说，”高桥像难以启齿似的吞吞吐吐，“这话听上去有点怪怪的——我有时会被误认为是同性恋。走在路上，会有陌生男人上来打招呼，跟我搭讪。”

“其实你不是？”

“我想大概不是……但总而言之，以前就常常有人来找我说心里话。不论男女，有些人跟我并不算亲密，甚至还有素不相识的人把内心无法想象的秘密讲给我听。这是怎么回事？其实我压根儿不想听这种事。”

玛丽在脑中咀嚼他说的话，然后说：“嗯……总之爱丽开始向你诉说内心的隐秘了。”

“嗯。不能说是内心隐秘吧，就是个人问题。”

“比方说是什么？”玛丽问。

“比方说……对了，家里人的事情之类的。”

“家里人的事情？”

“比方说。”高桥说。

“那里面也包括我喽？”

“是的。”

“她是怎么说的？”

高桥思索着该如何表述。“比方说……她希望能跟你更亲密一些。”

“希望跟我亲密一些？”

“她好像觉得，你是有意识地和她保持距离。自打过了一定的年龄，便一直是这样。”

玛丽用手掌轻轻地拢住小猫咪，手心里感觉到些微的暖意。

“可是，在保持恰当距离的同时，人和人是可以维持亲密关系的吧？”玛丽说。

“那当然。”高桥说，“当然可以做到。不过，一个人以为是恰当的距离，在另一个人看来却有点太远，这样的情况只怕也会有。”

不知哪儿来了一只褐色大猫，在高桥的脚上蹭脑袋。他弯下腰抚摸那只猫，从衣袋中取出鱼肉山芋饼，撕开塑料袋给它半块。猫津津有味地吃着饼。

“这就是让爱丽烦恼的个人问题吗？”玛丽问，“就是说，和妹妹亲密不起来？”

“是个人问题之一。当然还不止这些。”

玛丽沉默不语。

高桥继续说道："和我说话的时候，浅井爱丽吃了好多好多种药。普拉达手袋里全都是药，一边喝着血腥玛丽，一边像嚼果仁一样吃个不停。我猜那些当然都是合法药品，但用量太不正常了。"

"她那人是个嗜药狂。以前就一直是那样，现在越来越严重。"

"得有个人出面阻止她。"

玛丽摇头。"药，加上算命，再加上减肥——对她来说，这些没人能阻止得了。"

"我婉转地告诉她，是不是应该去找专科医生看看，像心理医生和精神科医生之类的。但她好像完全没有找这种专家看看的打算，不如说她完全没有察觉自己身上发生了什么。所以该怎么说呢？就连我也有点担心了——浅井爱丽究竟是怎么了？"

玛丽面露不快。"这种话，你打电话直接问她本人不就行了吗？如果你真的担心她的话。"

高桥轻轻叹口气。"这就回到今晚咱们最开始说的了。万一往你家里打电话，来接电话的是浅井爱丽，我不知道到底该说什么才好。"

"可你们两个那时候不是一边喝着酒，一边亲亲热热地说了那么长时间？深入探讨个人问题。"

"嗯。那倒是不假，但虽说是交谈，实际上我那时候几乎没有开口，基本是她一个人在说话，我只是随声附和而已。老实说，真正能为她做的事情，我觉得并不多。我是说，如果不在更深的层面上进行私人接触的话……就是这个意思。”

“而你自己并不打算介入更深的层面。”

“该怎么说呢……我是觉得自己做不到。”高桥说着，伸手去搔猫耳朵后面，“也许该说是没那个资格吧。”

“说得简单易懂点，就是你对爱丽的兴趣还没有深到那种程度？”

“你要是那么说的话，浅井爱丽对我也没有多深的兴趣。刚才我也说了，她只是想找个人说说话而已。而我对她来说，不过是一堵能恰到好处地随声附和、多少有那么点人情味的墙罢了。”

“这些暂且不提，你究竟是不是对爱丽深有兴趣？用 yes 或 no 来回答。”

高桥颇感惶惑似的轻搓双手。微妙的问题。非常难以作答。

“Yes，我想我对浅井爱丽是有兴趣。你姐姐身上有一种自然而然地闪烁光芒的东西。她与生俱来地拥有这样一种非凡的东西。比方说，我们两个喝着酒亲切交谈时，所有的人都直勾勾地盯着看，心想那样一个大美人，怎么会跟我这种不起眼的家伙在一起。”

“可是……”

“可是？”

“你好好想想。”玛丽说，“我问你‘是不是对爱丽深有兴趣？’你却回答‘我想是有兴趣’。漏掉了一个深字。我觉得好像有什么东西被你弃之不管了。”

高桥感叹道：“你这个人好细心啊。”

玛丽无言地等待对方说下去。

高桥不知道该如何作答，有些犹豫。“呃……是啊，跟你姐姐面对面长谈时，渐渐地，一种奇妙的感觉袭上心来。一开始我并没有注意到，可是随着时间过去，这种感觉越来越强烈。该怎么说呢？那是好像自己没被放在眼里的感觉。她明明近在眼前，可又好像远在几公里之外。”

玛丽仍然一言不发。她轻咬嘴唇，等待着下面的话。高桥花时间寻找合适的措辞。

“简而言之，不管我说什么话，都不可能进入她的心里。在我和浅井爱丽之间，好像横着一道由透明海绵构筑的地层，我口中说出的话，在穿越那里的时候几乎被吸干了全部养分。在真正意义上，她根本没在听我说什么。说着说着，这种情形变得显而易见。这么一来，她说出口的话也不能顺利地传递到我这边了。那实在是非常奇妙的感觉。”

明白金枪鱼三明治已经吃光，小猫咪一扭身子从玛丽的膝头跳到地上，蹦蹦跳跳地跑进了花草丛。玛丽将包三明治的纸巾窝成一团，放进挎包，拂去手上的面包屑。

高桥看着玛丽的脸。“我说的话，你听得明白吗？”

“岂止是明白……”玛丽说着，歇一口气，“你刚才说的，和我长期以来对爱丽的感受也许非常接近，至少是最近这几年的感受。”

“是指你的话无法传递到她心里，对吗？”

“对。”

高桥将剩下的鱼肉山芋饼扔给另一只凑上前来的猫咪。猫咪谨慎地嗅嗅气味，然后兴奋地狼吞虎咽。

“喂，我有个问题，你能老实回答吗？”

“能。”

“跟你一起去阿尔法城的女孩，是不是我姐姐？”

高桥惊讶地抬起头，看着玛丽的面庞，仿佛看着小小池塘水面上的层层涟漪。

“你为什么这么想？”

“说不清楚。凭直觉。不对？”

“不对，不是浅井爱丽。是别的女孩。”

“真的？”

“是真的。”

玛丽寻思片刻。

“可以再问个问题吗？”玛丽说。

“当然可以。”

“假设你和我姐姐一起进了那家旅馆，做了爱。这只是作为一个假设。”

“作为一个假设。”

“作为一个假设。而且假设我又问了你：‘你和我姐姐一起进了那家旅馆，做了爱吧？’只是个假设。”

“作为假设。”

“那样的话，你觉得你会老老实实地回答 yes 么？”

高桥就此略作思考。

“我觉得大概不会。”他说，“大概会说 no。”

“为什么？”

“因为事关你姐姐的隐私。”

“就像是保密义务？”

“其中一种。”

“那么，‘这个问题我无法回答’不才是正确答案吗？假如那是保密义务的话。”

高桥说：“不过，假如我说‘这个问题我无法回答’，那么根据前后关系判断，就等于回答了 yes。不是吗？那就成了故意过失。”

“因此无论如何，回答都是 no 了？”

“理论上说是这样。”

玛丽盯着对方的脸，说：“喂喂，对我来说哪种回答都无所谓，就算你和爱丽睡过也罢。假设是她希求那样的话。”

“浅井爱丽到底希求什么，恐怕连她自己都没搞明白。但这话还是到此为止吧。因为不管是在理论上还是事实上，和我一起去阿尔法城的都是别的女孩，不是浅井爱丽。”

玛丽轻轻地叹口气，顿了一顿。

“我也想过，要是能和爱丽更亲密些就好了。”她说，“特别是十来岁的时候，我常常这么想，想和姐姐成为最亲密的朋友。当然其中也有崇拜的成分。但那个时候她正忙得不可开交。她当时就在做少女杂志的封面女郎了，还得上各种班学各种东西，周围的人把她捧上了天。我是无机可乘。就是说，在我希求这些东西的时候，爱丽却没有多余的时间来回应我的希求。”

高桥默默地听着玛丽说话。

“我们作为姐妹，从生下来就一直住在同一屋檐下，可生长环境其实却大不相同。比方说吃的东西就很不一样。你看，她对很多东西过敏，所以吃的是和大家不一样的特殊饭菜。”

略一停顿。

玛丽继续说道：“我倒不是在责难爱丽。虽然觉得妈妈对她宠爱得过了头，但事到如今这些都无所谓了。总之，我想说的是，我们之间有这样的历史或来龙去脉。所以到了今天再说什么希望更亲密一些，老实说，我感到不知所措。你能理解这种感觉吗？”

“我想我理解。”

玛丽陷入沉默。

“和浅井爱丽交谈的时候，我忽然想到，”高桥说，“只怕她对你始终抱有一种自卑感。大概从很久之前就开始了。”

“抱有自卑感？”玛丽说，“爱丽对我？”

“对。”

“不是相反么？”

“不是相反。”

“你为什么这么想？”

“就是说，你这个做妹妹的，永远清晰地知道自己想要什么东西。在应该说 no 的时候，你能直截了当地说出来，处事待人可以随心所欲。可是浅井爱丽却做不到。扮演好分派给自己的角色，让周围的人感到满意，仿佛从小就成了她的工作。用你的话说，她就是一直努力当好白雪公主。她恐怕是受到了众人的追捧，但我想那有时大概也是很累人的活儿。在人生最最重要的时期，她却没能成功地确立自我。总之，如果说自卑感这个词太重了，她至少是对你感到很羡慕吧。”

“是爱丽对你这么说的？”

“那倒不是。是我对她说的前前后后汇总分析，得出了这样的想象。我想没猜错。”

“不过，我觉得这里面有夸张的成分。”玛丽说，“的确，我跟爱丽相比，在某种程度上也许是活得自立一些。这我明白。但结果却是眼前这样一个我，弱小，微不足道，缺乏足够的知识，脑袋也不算灵光。人长得不漂亮，又没有谁特别珍爱我。要这么说的话，我也没有成功地确立自我呀。生活圈子狭窄，还左摇右摆立足不稳。这样一个我，有什么地方可以让爱丽感到羡慕呢？”

“对于你来说，现在还只是准备期。不能这么简单地得出结论。你大概属于那种成长期比较长的人。”

“那个女孩也是十九岁。”

“哪个女孩？”

“就是那个在阿尔法城客房里遭到陌生男人暴打的中国女孩，连衣服也被剥了个精光，赤身裸体地流了很多血。那女孩长得很漂亮。但在她生活的世界里可没有什么准备期，至于她是不是成长期较长的类型，根本就没人为她考虑。对不对？”

高桥无言，表示认可。

玛丽说：“第一眼看见她，我就想和她做朋友，这种心情很强烈。而且我想，假如是在别的地方、别的场合相遇，我们肯定会成为好朋友。不管对什么人，我都很少有这种感觉——与其说很少，不如说**根本没有过**。”

“嗯。”

“可是再怎么希望这样，我们生活的世界也太不一样了。那是我无论如何也管不了的事情，无论怎么努力。”

“是啊。”

“虽然和她只见过短短一面，甚至连话都没好好说，可现在觉得那女孩好像在我心里扎下了根，变成了我的一部分。即使说不清楚。”

“你可以感觉到那女孩的疼痛。”

“也许。”

高桥陷入沉思。然后开口道：

“我有个想法，你看可不可以这么想？就是说，你姐姐是在另一个阿尔法城一样的地方——不知道它在哪里——遭受着别人无谓的暴力，发出无声的哀鸣，流着看不见的鲜血。”

“这是一种比喻？”

“可能。”高桥说。

“你是通过跟爱丽的交谈得出这种印象的？”

“她独自一人面对种种难题，没办法顺利地往前走，在寻求救助，并且通过伤害自己来表达这种心情——这与其说是印象，不如说是显而易见的事实。”

玛丽从长椅上站起身，仰望夜空，然后走到秋千那儿坐下。黄色旅游鞋踏在枯叶上发出干燥的声音，夸张地向四下传开。她摸了一会儿系秋千的粗绳子，似乎是要确认它的强度。高桥也从长椅上起身，踏过枯叶，来到玛丽身旁坐下。

“爱丽现在正在睡觉呢。”玛丽像在透漏秘密似的说，“睡得很沉很沉。”

“大家都在睡觉，这个时间。”

“我不是那个意思。”玛丽说，“她不打算醒来。”

12

3:58

白川正在干活的办公室。

地板上，白川赤裸着上身躺在瑜伽垫上做腹肌运动。衬衣和领带搭在椅背上，眼镜和手表并排放在桌上。身体虽然瘦削，胸脯却很厚实，上半身没有一块多余的赘肉，肌肉坚硬发达。脱光之后，和穿着衣服时的印象截然不同。他简洁地深呼吸，迅速抬起上身左右扭动。胸前与肩上冒出细细的汗珠，在荧光灯下晶莹闪亮。桌上的便携式 CD 唱机中，流溢出布赖恩 · 阿沙瓦演唱的亚历山德罗 · 斯卡拉蒂的康塔塔[1]。那徐缓的节拍让人觉得与身体的剧烈运动极不协调，然而他却合着音乐的流动微妙地控制动作。

① Cantata，一种包括独唱、重唱、合唱的声乐套曲。

看来在结束夜间工作之后、回家之前，在办公室地板上听着古典音乐做一连串孤独的运动似乎已经成了他的日常习惯。那动作自成体系，充满自信。

做完规定次数的仰卧起坐，他将瑜伽垫卷好收进衣帽柜。从架子上取下白毛巾和塑料洗漱包，拿着走进洗手间。赤裸着上半身用肥皂洗脸，用毛巾擦干，然后拭去身上的汗。每个动作都细致入微。洗手间的门敞着，斯卡拉蒂的咏叹调在这里也听得到。他合着这创作于十七世纪的音乐，时不时地哼上两句。从洗漱包中拿出一小瓶除臭剂，对着腋窝喷几下，凑过脸去确认气味。然后右手的手指伸伸屈屈几次，试着做几个动作。又确认手背的肿胀。肿得并不明显，但疼痛似乎还未消退。

他从洗漱包中掏出小梳子梳理头发。发际多少有点后退，但额角的形状并不难看，所以没有给人头发稀少的印象。戴上眼镜，扣起衬衣纽扣，系好领带。浅灰色衬衣配藏青色涡纹领带。然后对着镜子将衬衣领子拉直，调整领带结。

白川检查自己映在洗手间镜子里的面孔。他面部肌肉一动不动，久久地用严峻的目光凝视着自己。两手放在洗脸台上，屏住呼吸，连眼睛都不眨。他内心暗藏期待：说不定这么一来，就会有什么别的东西现身。让所有的感觉化作客体，让意识化作平面，将逻辑暂时冻结，令时间暂时驻步，纵使是片刻时光。这就是他试图做的事。他要尽力让自己这一存在融入背景之中，将一切都伪装成中立的静物画。

然而，尽管他竭力地销声匿迹，别的东西却不现身。镜子中的他，无非是与现实中的他完全相同的身影，是原样复制。他只得作罢，深吸一口气，让新鲜空气充满肺叶，调整了姿势。放松肌肉力量，几次大幅度地转动头颈。然后将洗脸台上的私人物品再次放回塑料包，将擦拭身体的毛巾窝成一团扔进垃圾箱。出去时关掉洗手间的灯，带上门。

白川出去之后，我们的视点依然留在洗手间里，作为固定的摄像镜头继续拍摄着幽暗的镜面。镜子里仍然映着白川的身影。白川——或许该说是白川的映像——从镜中注视着这一侧。他不改表情，动也不动，径自笔直地凝望着这一侧。但很快便作罢，放松浑身的肌肉，长叹一声，转动脖颈。然后以手抚面，数次摩挲脸颊，仿佛要确认那里肉体的感觉犹在。

白川坐在桌前沉思，指间滴溜溜地转着印有公司名称的银色铅笔。与掉在浅井爱丽醒来的那个房间地板上的铅笔一模一样。印着 veritech 的字样，笔头秃秃的。他玩了一会儿那根铅笔，把它搁在笔盘旁边。笔盘里并排摆着六根同样的铅笔。别的笔都削得无法再尖了。

他开始准备回家。把要带回去的文件装进茶色皮包，穿上西服上衣。把洗漱包放回衣帽柜，拿起搁在一旁地板上的大购物袋回到自己桌前。然后在椅子上坐下，将袋里的东西一样样地取出来查看。是他在阿尔法城从中国应召女郎身上剥下来的衣物。

奶油色薄风衣，红色低跟鞋，鞋底磨得歪歪斜斜。饰有粒粒小珠子的深桃红色圆领毛衣，绣花白衬衣，蓝色紧身迷你裙，黑色连裤袜。色调浓艳的粉红内裤，镶着一看便知是化纤的廉价蕾丝花边。这些衣物给人的印象与其说是性感，毋宁说归于悲怆一类。衬衣与内裤上沾着黑色的血迹。显然是便宜货的手表。黑色人造革手袋。

白川把这些东西拿在手里逐一检查，自始至终面露“这种东西怎么会出现在这里”的神情。表情中微含不悦的诧异。他当然记得自己在阿尔法城客房内的所作所为。即便有心遗忘，右手的疼痛肯定也会提醒他。尽管如此，映入眼帘的这一切几乎不具备丝毫正当的意义。是毫无价值的废弃物。那种原本不该侵入他生活的东西。然而检查仍在冷漠但细心地进行。他是在发掘不久之前的寒酸的遗址。

他打开人造革手袋的金属锁扣，将里面的东西全部倒在桌上。手帕，面巾纸，小粉盒，口红，眼线笔，还有几样零碎化妆品。润喉糖。小瓶凡士林和小袋避孕套。两根止血棉条。用来对付色狼的小型催泪瓦斯喷雾（对白川来说，幸好她没来得及把这个从包里掏出来）。不值钱的耳环。创可贴。几只装着药片的小药盒。棕色皮质钱夹。里面装有他一开始递给她的三张万元纸币，还有几张千元纸币和一些零钱。此外是电话卡和地铁交通卡。美容院的优惠券。没有任何可以证明身份的东西。白川略一迟疑，将钱抽出来塞进裤袋。反正这钱是自己给她的，现在不过是物归原主罢了。

手袋里有一只小巧的折叠式手机，是预付费的，没办法查出主人是谁。电话设为留言状态。他打开电源开关，按下放音键。里面有好几条录音，说的都是中国话。是同一个男子的声音，语速很快，听上去像是在训斥人。录音本身很短。他当然听不懂内容，却还是从头到尾听了一遍，然后关闭录音功能。

他找来一只纸垃圾袋，只将手机留下，把其余东西一股脑儿扔进去，压扁后将袋口扎牢。又把它装进塑料垃圾袋里，排光空气扎紧袋口。只有手机与其他物品分开，放在桌上。他拿起那只手机看了片刻，再放回桌上，仿佛在思考该如何处理。也许还有利用价值，但尚未得出结论。

白川关掉CD机，塞进桌子最下端的深抽屉里，锁上。摸出手帕仔细擦拭镜片，然后拿起桌上的电话拨给出租车公司。报上公司名称和自己的名字定了一辆车，要求十分钟后绕到小门来。他穿上衣架上挂着的浅灰色双排扣风衣，将桌上那个女子的手机塞进衣袋，皮包和垃圾袋拿在手上。然后站在门口环视整个房间，确认没有问题后关灯。天花板上的荧光灯全部熄灭之后，房间里也并非一片漆黑。街灯与霓虹招牌的光芒从百叶窗的缝隙里照进来，将四下里映得微明。他关上办公室的门，跨进走廊。踏着坚定的脚步声穿过长廊，一面打个长长的哈欠。仿佛在说，不见起色的一天终于这么过去了。

坐电梯下楼，打开小门走到外面，锁上门锁。呼出的气息白乎乎的。没等多久，驶来一辆出租车。中年司机摇下驾驶座车窗，确认白川的名字，然后若无其事地瞥向他手中的塑料垃圾袋。

“这不是食物垃圾，没有臭味。”白川说，“再说，等车子往前开几步，我就去扔掉。”

“没关系。请上车吧。”司机说着打开车门。

白川钻进出租车。

司机冲着后视镜搭话：“这位客人，不好意思，您好像以前也坐过我的车吧？也是像现在这个时间，也是到这里来接您的。呃，您家住江古田那边吧？”

“哲学堂。”白川说。

“对对对，就是哲学堂。今天也是去那里吗？”

“对。不管好坏，反正我只有这么一个家可以回。”

“有家可回，而且是独此一家，方便。”司机说，然后发动车子，“不过您可真辛苦啊，总是工作到这么晚。”

“不景气嘛。工资不见涨，加班时间倒直线上升。”

“我们这行也一样。钱不好赚，只好靠延长工作时间来弥补。可您呢，加个班，公司还给出租车钱。就凭这一点，您就比我们强多了，说实话。”

“可是，让人家一直干到这么晚，要是再不给出租车钱，叫人怎么回家呢。”白川说着苦笑。

他忽然想起来。“……啊，对了，我差点儿忘了。能不能请你在前面那个路口往右拐，在7-11门口停一下车？老婆叫我帮她买东西。马上就好。”

司机对着后视镜说道：“这位客人，从那个路口往右转的话是条单行道，就要绕远路了。一路上还有几家便利店，去别的店里买不行吗？”

“老婆叫我买的东西，恐怕只有那家店有卖的。再说我还想早点把垃圾扔掉。”

“那好。我是无所谓。只是计价器可能会多跳几个字，所以问问您。”

司机在路口往右拐，行驶片刻，随便找个地方停下来，打开车门。白川把皮包留在座位上，提着垃圾袋下车。7-11店门前堆放着一些垃圾袋，他将手中的袋子放在上边。它混杂在众多一模一样的塑料袋里，刹那间便消失了特征。待到清晨来临，回收车就会赶来处理。袋子里面没有食物，所以不会被乌鸦啄破。他最后瞥了一眼堆积成山的垃圾袋，走进便利店。

店内不见顾客。年轻的男收银员正用手机专心地聊天。店里播放着“南天群星”的新歌。白川直奔牛奶货架而去，拿起一盒高梨低脂牛奶，查看保质期。没问题。顺便又买下用大塑料罐装着的酸奶。随后忽然想起来，便从风衣口袋里取出那位中国女子的手机，环顾四周，确信无人在看，便将它齐齐地放在奶酪盒旁。小巧的银色手机自然地融入周边环境之中，自然得让人觉得不可思议，简直像早就放在那里的。它离开了白川的手，成为 7-11 的一部分。

他在收银台付过款，疾步返回出租车。

“买到了吗？”司机问。

“买到了。”白川说。

“那么，我们就一路直奔哲学堂。”

“我说不定会睡着，快到时喊醒我好吗？”白川说，“路边有一家昭和壳牌加油站，再往前开一点就是我家了。”

“知道了。您只管睡好了。”

白川把装着牛奶和酸奶的塑料袋放在皮包旁，抱着手臂闭上眼睛。睡眠大概不会前来造访，但他可不愿和司机一路闲聊到家。他闭着眼睛，打算想些无关痛痒的事情。日常小事，不具备重大意义的事，或者是纯属观念性的问题，然而他一个也想不出来。在一片空白之中，他唯一能感觉到的是右手的钝痛。它伴随着心脏的搏动而生疼，如海涛声在耳边震响。好奇怪，他想。大海离这里很远。

白川乘坐的出租车行驶片刻后遇上红灯，停下来。这是个大十字路口，红灯时间很长。出租车旁，中国男子跨在黑色本田摩托车上，也在等红灯。两人只隔着一米左右的距离。然而摩托车男子只顾笔直地注视前方，没有注意到白川。白川深深地沉在座位里，闭着眼睛，侧耳倾听虚幻的海涛声。信号灯由红变绿，摩托车嗖地冲出去，笔直前驰。出租车为了不惊醒白川，静静地起动，向左转弯驶离市区。

13

4:09

在无人的深夜公园里，玛丽和高桥并肩坐在两架秋千上。高桥望着玛丽的侧脸，面露不解。两人继续着刚才的谈话。

“不打算醒来？”

玛丽一言不发。

“什么意思？”他问。

玛丽似乎犹豫不决，沉默着注视脚下。她还未做好谈论此事的准备。

“……哎，要不我们走走？”玛丽说。

“好，走一走。走是好事情。慢慢走路，多多喝水。”

“什么，这是……”

“是我的人生格言。慢慢走路，多多喝水。”

玛丽望着他的脸。好奇怪的格言。但她并未说出感想，也不提问。她从秋千上站起来，迈开脚步，高桥紧随其后。两人出了公园，朝着灯火通明的街市走去。

“现在还回云雀么？”高桥问。

玛丽摇头。“一直坐在家庭餐馆里看书，好像也有点累了。”

“我觉得能理解。”高桥说。

“可能的话，我想再去阿尔法城看看。”

“我送你去。反正就在排练场旁边。”

“小薰说什么时候去都行。但是会不会给她添麻烦？”玛丽说。

高桥摇头。“她虽然嘴巴不饶人，人却很诚恳。既然她说了什么时候去都行，那就是什么时候去都行。她的话不妨照单全收。”

“嗯。”

“再说现在这种时间，那里反正空闲得很。你去玩的话，她们肯定很开心。”

“你还要参加乐队排练吧？”

高桥看着手表。“这只怕是最后一次参加通宵排练了。我准备再去闹腾一会儿。”

两人返回闹市区。毕竟已经到了这个时间，路上几乎不见行人。凌晨四点，都市最为冷清的时刻。路上乱七八糟地丢弃着各种东西。啤酒易拉罐，踏满鞋印的晚报，踩扁了的纸板箱，塑料瓶，烟蒂，汽车尾灯碎片，单只作业手套，优惠券，还有呕吐的污迹。一只脏兮兮的大猫在专注地嗅闻垃圾袋的气味，企图趁着它们尚未被老鼠糟蹋，赶在凶猛的乌鸦来觅食之前确保自己应得的份额。霓虹灯大半已熄灭，通宵营业的便利店的灯火变得醒目起来。停放着的车辆的雨刷上横七竖八地夹着一条条小广告。近旁的干线公路上接连不断地传来重型卡车疾驶而过的呼啸声。对卡车司机们来说，路面空空如也的此刻恰是赶路的最佳时间段。玛丽头上深深地扣着红袜队球帽，双手插在运动夹克的口袋里。并肩前行时，两人之间有相当大的身高差距。

“为啥戴红袜队的球帽？”高桥问道。

“别人送的。”玛丽说。

“这么说，你其实不是红袜队的球迷。”

“我对棒球一无所知。”

“我对棒球也没啥兴趣。相比之下更喜欢足球。”高桥说，“那么，你姐姐的事呢？就是你刚才说起的。”

“嗯。”

“我有点不太明白。你的意思是说，浅井爱丽根本不愿醒来了？”高桥问。

玛丽仰视着他，说：“对不起。这件事我不想这样边走边谈。因为事情有些微妙。”

“明白了。”

“谈些别的。”

“什么样的？”

“什么都行。说说你自己。”

“我自己？”

“对。关于你自己的事。”

高桥沉吟片刻。

“我想不出明朗的话题来。”

“没关系。阴暗的也行。”

“母亲在我七岁时死了。”他说，“乳腺癌。发现得太晚，从发现到死亡只有三个月时间。转眼之间。进展得太快，几乎连正经接受治疗的时间都没有。在那前后，父亲一直关在牢里。这个我刚才跟你说过。”

玛丽再次仰视高桥。

“你七岁时，母亲因为乳腺癌去世，而你父亲那时候一直在坐牢？”

“没错。”

“就是说，你是孤单单一个人？”

“正是。父亲因为诈骗罪锒铛入狱，判了两年刑。好像是传销之类的可疑勾当，涉案金额也比较大。他年轻时曾经加入学生运动组织，当时被捕过，所以没能获缓刑。警察怀疑他是为组织筹集资金，但实际上没有关系。还记得母亲带我去探监的情形，那个地方冷得要命。就在父亲入狱大约半年之后，母亲检查出乳腺癌，马上住了院。总之，我暂时成了孤儿。父亲坐牢，母亲住院。”

“这期间是由谁来照顾你？”

“我后来得知，住院费和生活费好像是父亲家里出的。父亲跟家里关系失和，长年毫无来往，但他们总不至于对一个七岁孩子见死不救。亲戚里有个婶婶，一脸极不情愿的样子每隔一天来一次。邻居们也轮流来照顾我，帮我洗衣服、买东西，还把做好的饭菜送给我吃。我家当时住在平民区，这一点很幸运，因为那一带邻里交往还在发挥作用。但依稀记得大部分事情好像都是我自己做的。自己做好简单的饭食，自己准备好了去上学……对当时的情况，我只有非常模糊的记忆，觉得那好像是与己无关的遥远的往事。”

“你父亲是什么时候回来的？”

“好像是母亲死后三个月。由于情况特殊，所以批准提前假释。当然，父亲回家让我非常高兴，因为我不再是孤儿了。要知道他是个高大强壮的大人。我终于感到放了心。回家时父亲穿着粗花呢旧上衣。我到现在都记得那衣料扎手的感觉，还有渗进衣服里的烟味。”

高桥从风衣口袋里抽出手，摸了几下脖子后面。

“但是，我虽然又见到了父亲，却没能打心底感到安心。我说不清楚，但觉得在心里，事物没能各安其位。该怎么说呢，我始终觉得好像是被别人随便糊弄了。就是说，真正的父亲永远离我而去了，于是为了弥补漏洞，姑且把一个不相干的人以父亲的形式送到我身边来。就像这种感觉。你能理解吗？”

“大致能。”玛丽说。

高桥沉默片刻，然后继续说下去。

“我当时是这么想的——不论发生什么事，父亲都不该抛下我不管不问，不该让我在这个世界上成为孤儿。不管有怎样的缘由，都不该去坐牢。监狱是个怎样的地方，那时的我当然无法正确理解。我才七岁啊。不过我大致知道那是个像巨大壁橱一样的地方。一个阴暗恐怖的不吉利的地方。父亲原本就不该到那种地方去。”

高桥在此结束了故事。

“你父亲坐过牢吗？”

玛丽摇头。“我想没有。”

“母亲呢？”

“我想没有。”

“那你很幸福。对你的人生来说，这是最值得庆幸的事。”高桥说，然后微笑了，“我猜，恐怕你还没有发觉。”

“我连想都没这么想过。”

"一般人是不会这么想的。但是我会。"

玛丽瞥了高桥一眼。

"……后来你父亲再也没有坐过牢吗？"

"父亲之后再也没有跟法律闹过别扭。不，也许闹过，不如说肯定闹过，我猜。因为他是个没法好好走正路的人。但是，他再也没有卷进可能吃官司的蠢事。他一定是吃足了坐牢的苦头，也可能是以自己的方式感到了对死去的母亲和我的个人责任。总之他摇身一变，成了一个正经的企业家，虽然是在相当可疑的灰色地带活动。从前我们一家的生活剧烈地忽上忽下，一阵子变成大富豪，一阵子又一贫如洗。简直像每天都坐在过山车上。有时候坐的是由专职司机驾驶的梅赛德斯－奔驰，有时候连一辆自行车都买不起。付不起房租时都干过连夜出逃之类的事儿呢。从来没有在一个地方踏踏实实过安稳日子，差不多每隔半年就得转一次学，当然也交不到朋友。上初中之前差不多都是这样。"

高桥再次将双手插进风衣口袋里，甩甩头将阴暗的记忆赶走。

"好在如今马马虎虎，生活还算稳定。要知道他属于'团块一代'[1]，生命力强着呢。就是米克·贾格尔获得爵士称号的那一代人，有本事悬崖勒马绝处逢生。虽然绝不反省，教训却是吸取

①指在日本二战后出生率激增期（1947—1949）出生的一代人。"团块"即"大量"之意。

的。我不知道现在父亲做什么工作。我不会打听这种事情，他也不会告诉我。反正学费付得很爽快，从不拖欠，高兴起来还时不时塞给我大笔零用钱。世上也有些事情不闻不问反而更好。”

“你父亲又再婚了？”

“在母亲死了四年之后。嗯，他可不是那种坚毅的人，能一个人把孩子抚养大。”

“你父亲和新夫人没生孩子吗？”

“嗯。孩子就我一个。也出于这个原因，她待我简直像亲生儿子一样。对于这一点，我非常感谢。所以说，问题在于我自己。”

“什么问题？”

高桥微笑着，看着玛丽。“就是说，一个人一生中只要做过一次孤儿，那他到死都是孤儿。我经常做相同的梦。我七岁，又变成了孤儿，孤零零的一个人，没有一个大人可以依靠。时间是傍晚，四周正一分一秒地暗下去，黑夜就迫在眼前。每次都做相同的梦。在梦中，我又回到了七岁。这种软件一旦受到污染，就不可能再更换了。”

玛丽只是沉默。

“不过这种麻烦的问题，平时我尽量不去思考。”高桥说，“因为想得再多也无济于事。从今天走向明天，我们只能平淡无奇地活下去。”

“只要多多走路，慢慢喝水就行了？”

“不对。”他说，“是慢慢走路，多多喝水。”

“嗯，好像哪一种都可以嘛。”

高桥在脑中认真研究。“那倒是。没准真是那样。”

两人不再交谈，默默地迈步。口中呼出白气，沿着昏暗的台阶上行，来到旅馆阿尔法城门前。此刻，它那妖艳的紫色霓虹灯竟让玛丽倍感亲切。

高桥在旅馆门口驻足，一反常态地用严肃的眼神从正面注视着玛丽的脸。“有件事得向你坦白。”

“什么？”

“其实我心里想的跟你一样。”他说，“但今天不行。因为我今天穿的内裤不够漂亮。”

玛丽愕然地摇头。“这种无聊的玩笑能不能别开？让人觉得累得慌。”

高桥笑道：“六点左右我来这里接你。你要是愿意，就一起吃早饭。附近有一家小饭馆，那里的煎蛋味道很好。热气腾腾、又松又软的煎蛋……我说，你看煎蛋有没有食品安全问题？比如说像转基因啦，有组织地虐待动物啦，政治上合不合适啦……”

玛丽略一沉吟。“政治问题我不懂，但是假如鸡有问题，那么理所当然的，鸡蛋不就也有问题了？”

“真叫人为难。”高桥皱起眉头，“我爱吃的东西好像总是有问题。”

“不过煎蛋我也喜欢。”

“那咱们找个妥协点吧。”高桥说，“简直好吃极了，那儿的煎蛋。”

他挥挥手，独自一人走向排练场。玛丽将帽子重新戴好，迈进旅馆大门。

14

4:25

浅井爱丽的房间。

电视机开着。身穿睡衣的爱丽在电视屏幕中看着这一侧。刘海耷拉在额头上，她摇头甩开。她在那边将两只手掌紧紧抵在屏幕的玻璃上，朝着这边诉说什么。宛如误入水族馆空水槽的人，透过厚厚的玻璃向观众诉说窘境。然而那声音传不到我们耳朵里。她的声音无法让这边的空气产生震动。

看上去，爱丽身上仿佛仍有感觉麻痹的地方。手脚似乎不能活动自如，大概是因为昏睡得太久了。尽管如此，她依然在竭力理解自己所处的无法理解的状况。虽然昏乱困惑，却全力以赴，力图把握与领会这个场所得以成立的逻辑和标准。这种心情穿过玻璃屏幕传递到这一侧来。

爱丽并没有大声呼喊，也没有激烈诉说。她似乎已经懒得大声呼喊与诉说了。反正她的声音传不到这一边来，这一点她自己也知道。

她现在试图做的，是要把自己的眼睛在那里看到的、自己的感官在那里感受到的，转换成更为贴切易懂的话语。这话语半是说给我们、半是说给她自己听的。这当然绝非易事。嘴唇只能时断时续地缓慢翕动。好似讲外语一般，每一个句子都很短，词与词之间生出不均一的空白。这空白将理应存在其间的意思拉长并稀释。身处这一侧的我们拼命擦拭眼睛，可是连浅井爱丽的嘴唇形成的词语与她的嘴唇形成的沉默都难以分辨。现实感就像沙漏中的沙，从她纤细的十指间撒落。在那里，时间并不与她为友。

她终于懒得向外界倾诉了，心灰意冷地闭上嘴巴。在旧有的沉默之上又叠加了新的沉默。随后，她举起拳头，轻轻地从内侧咚咚敲击玻璃屏幕。所有的可能性她都尝试。但那声音根本传不到这边。

看来，爱丽的眼睛似乎能透过电视的玻璃屏幕看见这边的情景。从其视线的移动可以推断出这一点。她仿佛在用目光逐一扫视（这一侧）自己房间里的器物。书桌、床和书橱。这房间本是她的领地，她原本属于这里，应该躺在此处的床上安然熟睡。然而此刻，她却不能穿越那堵透明的玻璃墙壁回归这一侧。由于某种作用抑或某种意图，她在熟睡之际被转移到了那一侧的房间里，森严地幽禁起来。她的一双瞳孔仿佛投映在平静湖面上的灰色云影，浮现出孤独的色调。

遗憾（大概应当这么说）的是，对于浅井爱丽，我们一无所能。这话好像已重复多次：我们仅仅是个视点而已，无论是以何种形式，都不能干预眼前的状况。

然而——我们心想——那个无脸男子到底是谁？他对浅井爱丽干了什么？而且，他又到哪里去了？

我们得不到任何答案，电视画面却忽然开始变得不稳定。电波出现大幅度的混乱。浅井爱丽的轮廓洇开，细微地颤动。她察觉到自己的身体正在发生异变，扭过头观察四周，仰望天棚，俯视地板，然后注视自己摇曳的双手，紧盯着那逐渐失去清晰度的轮廓。不安的表情浮上她的脸。究竟将要发生什么事？吱吱吱吱，那种刺耳杂音益发高昂，好像远方的山丘上又吹起强风。连接两个世界的电路的结合点遭受着猛烈摇撼，导致她的轮廓也将受损。实体的意义正遭受侵蚀。

“快逃！”我们叫出声来，不禁忘却了必须保持中立的规则。这声音当然不会传到她那边。但爱丽自己察觉到了危险，试图逃离那里。她步履匆匆地奔向某处。大约是门口。她的身影从摄像机的视野中消失。画像急速地丧失了此前的明晰，大幅度地扭曲，形状崩毁。荧光屏的光亮渐次减弱，缩成四方小窗口模样，最终完全消失。一切信息都化作无，场所被撤销，意义被解体，世界被阻隔，没有感觉的沉默留在后面。

别的场所，别的时钟。是挂在墙上的圆形电子钟。指针指向四点三十一分。这是白川家里的厨房。白川将衬衣最上端的纽扣解开，松开领带，独自一人坐在餐桌前，正在用汤匙舀原味酸奶吃。没有盛到碟子里，而是直接将汤匙伸进酸奶的塑料容器，舀起送到嘴边。

他正在看厨房里的小电视。酸奶容器旁有个遥控器。电视屏幕上播放着海底的影像。各种奇形怪状的深海生物。丑的，美的。捕食者，被捕食者。装载有高科技器材的小型科研用潜艇。强力投光器，精密机械手。这是题为《深海生物》的纪实节目。声音消去了。他一面将酸奶送往嘴边，一面毫无表情地追逐着电视画面，然而他的大脑却在思考与此无关的事情。他在苦思冥想逻辑与结果的相互关系。究竟是因为逻辑才得出结果来呢，还是因为结果才推导出逻辑？他的眼睛在追逐电视画面，实际上却在凝望遥遥隐匿在画面深处的东西。恐怕是一公里甚或两公里之外的东西。

他将视线投向墙上的挂钟。指针指向四点三十三分。秒针流畅地在表盘上转动。世界正在持续不断地向前推进。逻辑与作用密切无间地联动。至少眼下是如此。

15

4:38

电视屏幕上仍在播放《深海生物》，然而却不是白川家的电视机。屏幕大了许多，是放在旅馆阿尔法城客房里的电视。玛丽和蟋蟀两人似看非看地看着它。她们俩分别坐在单人椅上，玛丽戴着眼镜，运动夹克和挎包搁在地板上。蟋蟀神情严肃地看着《深海生物》，渐渐兴味索然，拿起遥控器一个接一个地换频道。然而是一大清早，找不到什么好看的节目，无奈便关上电源。

蟋蟀说："怎么样？困了吧？躺下来稍微睡一会儿咯。就连小薰从刚才起也在休息室里呼呼大睡呢。"

"我现在还不觉得困。"玛丽说。

"那么，喝杯热茶？"蟋蟀问。

“要是不麻烦的话。”

“茶要多少有多少，不要客气。”

蟋蟀用茶包和热水瓶里的开水，泡了两个人喝的日本茶。

“蟋蟀，你要工作到几点？”

“我和小麦搭档，从夜里十点做到上午十点。等过夜的客人离店，打扫好房间后，就算下班啦。当中可以打个瞌睡。”

“你在这里干了很长时间？”

“马上就要一年半了。这种工作通常都不会在一个地方做太久。”

玛丽稍稍过了一会儿，问道：“嗯，可以问你一个私人问题吗？”

“没关系。啊，有些问题可能不方便回答。”

“你不会觉得不高兴吧？”

“不会，不会。”

“蟋蟀，你说过把真名丢弃不用了，对吧？”

“对，说过。”

“干吗要把真名丢弃呢？”

蟋蟀将茶包拎出来，扔进烟灰缸，把茶杯放到玛丽面前。

“那是因为用真名会有危险咯。这里面有种种缘由。嗯，说白了，我这是在逃命。逃避某一方面的追踪。”

蟋蟀喝一口自己的茶。

“你大概不晓得，假如真心要逃避什么，到情人旅馆当个员工倒是很方便的工作。你看，到正经旅馆里去做服务员，工资当然要高，因为客人会给小费嘛。但是，那种工作总得跟人打照面吧？还要跟人说话。在这一点上，情人旅馆的员工就不需要抛头露面咯，可以在暗处悄悄地干活。还给准备住处。而且也不会提出啰里啰唆的要求，又是简历又是保证人的。就连名字，我一说：'真名不太想说出来。'对方马上就同意了，'既然那样，就叫蟋蟀吧。'人手不够啊。所以这个世界里有不少心中有鬼的人在干活呢。"

"所以说，不能在一个地方做得太久？"

"对对。在一个地方待得久了，不管怎样都会暴露身份。所以必须一个接一个地换地方。反正从北海道到冲绳，哪个地方没有情人旅馆呢？不愁找不着工作。但这里待着比较舒服，小薰又是个好人，一来二去就待久咯。"

"你已经逃了很久吗？"

"是呀，快三年了。"

"一直都在做这种工作？"

"对。在好多地方待过。"

"那，你要逃避的对手是不是很可怕？"

"那当然很可怕。真的可怕。但不要再叫我多说咯。我也尽量一直避开这个话题。"

两人沉默片刻。玛丽喝茶，蟋蟀望着什么也没有的电视屏幕。

“在那之前你做什么工作？”玛丽问，“就是说，在这样四处逃亡之前？”

“以前是普通的白领。高中毕业后，考进了大阪一家小有名气的商社，朝九晚五穿着制服上班。是跟你年龄差不多的时候，还是神户大地震时的事了。现在回想起来简直就像一场梦。后来……有个小小的机缘，一件很小很小的事。开始觉得没什么大不了，但等到回过神来，已经到了不可收拾的地步，进退两难。我只好抛下工作，抛下父母。”

玛丽沉默不语，望着蟋蟀的脸。

“呃，对不起，你叫什么名字来着？”蟋蟀问道。

“玛丽。”

“玛丽，我们脚下的土地，看上去好像十分牢固，实际上一旦出了什么事，就会一头沉下去。而且一旦沉下去就彻底完蛋了，再也不可能恢复原状。然后只好一个人在下边那个昏暗的世界里活着。”

蟋蟀回味一番自己的话，反省般静静摇头。

“当然，也可能是我为人太软弱的缘故。正因为软弱，才会随波逐流得过且过。本来发觉大事不妙的时候就该悬崖勒马，但我又下不了决断。还有什么资格大言不惭地对你说三道四呢……”

“万一被他们发现了会怎样？我是说，嗯……那些追捕你的家伙。”

“是啊，会怎么样呢？”蟋蟀说，“我也不清楚。我不愿去想这件事。”

玛丽默然不语。蟋蟀拿着遥控器，胡乱地摁过来摁过去，但没有打开电视。

“下班回家钻进被窝里，这种时候我就会想，再也不要睁开眼睛算了。就让我一直这样睡下去，就什么也不用考虑咯。但是会做梦。每次都做相同的梦。那帮人无休无止地追捕我，终于把我捉住，带到一个地方去，塞进像冰箱一样的东西里，盖上盖子。这个时候忽然醒来，身上的衣服都汗透了。醒着的时候被人追捕，睡觉的时候做梦也被人追捕，心灵永远得不到安宁。多少觉着能松口气的，只有坐在这里一边喝茶，一边跟小薰和小麦聊几句不痛不痒的闲话……我把这种事讲给别人听，玛丽，你可是头一个。跟小薰都没说过，跟小麦也没说过。”

“关于你是在逃之身吗？”

“嗯。但我猜她们两个大概有所察觉。”

两人沉默片刻。

“我的话你相不相信？”

“我相信。”

“真的？”

“当然。”

“但有可能是我在胡说八道，不是吗？这种事谁搞得清楚？

咱们又是初次见面。”

“可是你看上去不像在说假话。”玛丽说。

“你这么说，我好开心。”蟋蟀说，“我想给你看样东西。”

蟋蟀掀起衬衫下摆，露出后背。她的脊椎两侧左右对称地烙着印记，有三根鸟爪的印迹般的斜线。似乎是用烙铁烙出来的，周围的皮肤收缩着。剧痛的痕迹。玛丽看到它们，不禁皱起眉。

“这个呢，只是我受到的待遇中的一部分。”蟋蟀说，“在我身上烙个记号。别的地方还有，不方便给人看的地方。可不是假的吧，这个？”

“太残忍了。”

“这个东西还从来没给人看过呢，但很想让你相信我的话。”

“我相信。”

“觉着讲给你听听好像不要紧。我也不知道为什么……”

蟋蟀放下衬衫，随后像是给自己的情绪画上句号般长叹一声。

“哎，蟋蟀。”

“嗯？”

“我也有件事，从来没对任何人说过。可以跟你说吗？”

“可以呀。你说好了。”蟋蟀应道。

“我有个姐姐。我们家就姐妹两个。她比我大两岁。”

“嗯。”

“我姐姐在大概两个月前忽然宣称：‘我从现在起要睡一段时

间。’是在吃晚饭的时候当着全家人的面宣布的。尽管她这么说，可大家都没有在意。那时才七点，姐姐的睡眠时间从来都很不规律，况且这又算不得什么惊天动地的大事，于是我们回应道：‘晚安。’姐姐几乎没动筷子，就回到自己的房间上床睡去了，从此以后一直长睡不醒。”

“一直？”

“对。”玛丽说。

蟋蟀蹙起眉头。“再也没起来过？”

“好像时不时也起来。”玛丽说，“饭菜放在桌子上，也见减少。好像还上厕所。偶尔还会淋浴，换衣服。所以，维持生命所需的最低限度的事情，她还是根据需要起床做的。真的只是最低限度的事情。但我和家里人都没有亲眼看见过姐姐起来。我们去看她时，她总是躺在床上睡觉。不是假装睡觉，是真的在睡。连鼾都不打，纹丝不动，简直就像死去了一般。大声喊她也罢，伸手摇她也罢，她就是不醒。”

“那么……有没有请医生看过？”

“一直给她看病的大夫不时来看看情况。他和家庭医生差不多，所以没法做正式检查，但是从医学的角度来看，姐姐没有什么异常的地方。体温正常，脉搏和血压虽然都偏低，但还没到成问题的地步。营养大致也充足，不必打点滴。她不过是在酣睡而已。假如是昏迷的话，当然是严重的问题，可是既然她时不时会醒来，身边的事大体能自理的话，就没有必要特意护理。也去看过精神科医生，但医生说，这种病症没有先例。她是自己宣布‘从现在起要去睡一段时间’之后，再躺下入睡的。既然是从心底渴求睡眠，恐怕只好让她从容地睡上一段时间了。就算要做治疗，也得等她醒来，面谈之后才能进行。因此，现在仍然这么让她睡着。”

“没去医院做个全面检查？”

“做父母的总是尽量往好的方面想。他们认为姐姐只是太困倦才昏昏睡去的，希望有一天她能若无其事地忽然醒来，一切都恢复原状。这种可能性是他们唯一的指望。但我可受不了，或者说，跟莫名其妙地整整昏睡两个月的姐姐在同一屋檐下生活，我常常感到无法忍耐。”

“所以才离家出走，半夜徘徊在街头？”

“我没办法睡个安稳觉。”玛丽说，“每当我想睡觉，脑海里就会浮现出隔壁房间里昏睡不醒的姐姐。严重时，我甚至没办法待在家里。”

“两个月……那时间可有点长了。”

玛丽默默点头。

蟋蟀说：“跟你说，我当然不了解具体情况，但只怕你姐姐心里藏着什么重大问题，单靠自己的力量根本没办法解决的大问题。所以才一心只想钻进被窝里睡过去，远离这个红尘俗世。这种心情我不是不能理解。不如说，我是感同身受。”

“蟋蟀，你有没有兄弟姐妹？”

“有呀。两个弟弟。”

“感情好吗？”

“以前蛮好的。”蟋蟀说，“现在就不知道咯。很久没见了。”

“我呢，说老实话，对姐姐不太了解。”玛丽说，“她每天都在做些什么？在想些什么？在跟什么人交往？我甚至不知道她有没有烦恼。这话听上去可能很冷漠，尽管住在同一个屋檐下，可姐姐忙她的，我忙我的，姐妹俩从来就没有敞开心扉畅谈过。也不是说两个人不要好。长大以后我们没有吵过一次架。只不过长期以来，我们各自过着完全不同的生活……”

玛丽望着没有播放任何图像的电视屏幕。

蟋蟀说：“你姐姐是个怎样的人？即使你不了解她的内心世界，单单表面上的情况也行，把你所理解的姐姐讲给我听听，好么？”

“她是个大学生。一所有钱人家女儿念的教会大学。二十一岁。学的是社会学专业，但我不认为她当真对社会学感兴趣。只是为了体面，姑且在一家说得过去的大学里挂个名，顺顺当当地混过考试，仅此而已。时常是我替她写论文，挣点零花钱。其余时间她做杂志的封面女郎，偶尔也上上电视。”

“上电视？什么节目？”

“也没什么大不了的。比如说面带微笑，举着智力竞赛节目的奖品展示给观众看的那种角色。她那个节目早已停播，现在不再登台了。她还拍过几支小广告，像搬家公司之类的。”

“那么她一定很漂亮喽。”

“大家都这么说。跟我一点都不像。”

“要是可能的话，我也想当一回这样的美人，哪怕一回也行啊。”蟋蟀说着，短促地叹息一声。

玛丽略一犹豫，又开诚布公地说道：“这话听起来也许让人觉得奇怪……沉睡中的姐姐真的好漂亮，可能比醒着的时候更漂亮。看上去好像透明一般，就连我这个妹妹都会心动呢。”

“像睡美人。”

“对。”

“有人吻她一下的话，她就会睁开眼睛。”蟋蟀说。

“运气好的话。”玛丽说。

两人一时陷入沉默。蟋蟀手中仍然拿着遥控器，毫无意义地摁来摁去。远处传来救护车的警笛声。

“哎，你相不相信轮回？”

玛丽摇头。“我想，大概不相信。”

“你认为没有来世？”

“这种事情我没好好考虑过，但觉得没理由认为有来世。”

“死了之后，就只有‘无’了。”

“我基本是这么看的。”玛丽说。

“我呢，倒觉着轮回这东西肯定是有的。或者说，假如没有这种东西，岂不是太可怕了？因为我对‘无’这个东西理解不了。不仅无法理解，甚至无法想象。”

“‘无’就是绝对没有任何东西，大概不需要理解也不需要想象。”

“但万一那是要求理解和想象的‘无’，又该怎么办？你又没有死过。这种事情，说不定只有死了之后才能弄清楚呢。”

“那倒是……”

“只要一想这种事，我就会感到恐惧一点一点地涌上来。”蟋蟀说，“光是想一想，就觉着连气都喘不过来，浑身发僵。既然如此，还不如相信轮回更轻松点呢。哪怕下一次转世为多么倒霉的东西，至少还能具体地想象那个样子。比如说自己变成了一匹马，或者变成了一只蜗牛。就算这次没指望了，还可以寄希望于下次机会。”

“可我还是觉得死了之后什么都没有更自然。”玛丽说。

“这个嘛，大概是你意志坚强吧。”

“我吗？”

蟋蟀点头。“你看上去拥有坚定的自我。”

玛丽摇头。“没那回事。我可一点也不坚定。小时候我毫无自信，成天缩头缩脑的，在学校老是受人欺负。容易成为被欺凌的对象。那种感觉至今都留在心里，还经常出现在梦里。”

“不过你花时间努力，一点一点地克服了那种感觉，对不对？

克服了当时不快的记忆。”

“一点一点地。”玛丽点头道，“一滴一滴地。我就是这种人，靠自己努力的人。”

“自己一个人孜孜不倦地做着，就像森林里的铁匠那样？”

“对。”

“能做到这样，我觉得就非常了不起。”

“你是说靠自己努力？”

“我是说能够自己努力。”

“哪怕再没有别的可取之处？”

蟋蟀一言不发，微微一笑。

玛丽思考了一会儿蟋蟀的话，然后说道：

“的确，我觉得自己经过长期努力，点点滴滴地建造起了属于自己的世界。一个人钻进里面，就会感到某种程度的安心。可是，非得特意建造这么一个世界，本身恰好说明了我是个极易受伤的软弱的人，对吧？而且就算是这个世界，在世人看来也不过是个微不足道的极小的天地。就像用厚纸板搭的小屋，只要刮起一阵风就能吹到天边去……”

“有恋人吗？”蟋蟀问。

玛丽简短地摇摇头。

蟋蟀说：“说不定还是处女？”

玛丽面红耳赤，微微点头，说：“是的。”

“很好呀，这又不是什么难为情的事。”

“嗯。”

“还没碰到喜欢的人？”蟋蟀问。

“倒是有交往过的人。不过……”

“虽然有了一定程度的交往，但还没喜欢到足以突破最后防线的程度？”

“嗯。”玛丽说，“当然也感到好奇，可我怎么都不想干那事……自己也不知道是怎么搞的。”

“那也没关系。不想干的话，就不要勉强。说实话，以前我跟不少男人上过床，但现在回想起来，归根到底都是因为胆怯。没个男人抱着，我就觉着害怕。男人想要，我又做不到断然拒绝。就是这么回事。像这样的做爱连一点好处都没有，只会点点滴滴地耗损生命的意义。我的话你能听明白吗？”

“大概。”

“所以呢，等你找到了意中人，就会比现在更有自信。做事不可以半途而废。世上有些事只能一个人做，但有些事非得两个人去做不可。关键是要把这两者巧妙地结合起来。”

玛丽颔首。

蟋蟀用小手指搔着耳垂。“遗憾的是，对我来说已经太晚咯。”

“我说，蟋蟀。”玛丽郑重地说道。

“嗯？”

“祝愿你最终能逃脱。”

“时不时地，觉着就像在和自己的影子赛跑。”蟋蟀说，“不管跑得多么快，最终也不能逃脱。人不可能摆脱自己的影子。”

“也许不是那样。”玛丽略一沉吟，又加上一句，“没准那不是自己的影子，实际上是毫不相干的东西呢。”

蟋蟀沉思片刻，终于点点头。“也是，只能坚持到底咯。”

蟋蟀瞥一眼手表，大大地打个哈欠，然后站起身。

“呀，得去干活了。你在这里休息一会儿，等天一亮就赶紧回家，明白了吗？”

“嗯。”

“你姐姐肯定会好起来的——我有种预感，说不清楚。”

“谢谢你。”玛丽说。

“你现在好像跟姐姐关系不太融洽，但我想肯定也有过融洽的时光。你应该回想一下那些和姐姐真正亲密无间的时刻。或许你没办法马上做到，但只要努力肯定能想起来。不管怎么说，家人长期相处，这样的情况总会有一两次的。”

“好的。”玛丽说。

“我吧，经常思考从前的事，尤其是像这样开始在全国各地逃亡之后。于是呢，只要拼命回忆，各色各样的记忆就能活灵活现地苏醒过来。长久以来一直忘掉的事竟会忽然想起来。这蛮有意思的。人的记忆这东西真是古怪，没用的和无聊的事物把抽屉装得满满的，现实生活中必需的重要事物却挨个儿忘得一干二净。”

蟋蟀依然拿着电视遥控器，站在那里。

她说：“于是我想，人这东西不就是拿记忆当燃料活下去的吗？至于那记忆在现实中是不是有重大意义，对维持生命来说好像是无所谓的。无非就是燃料嘛。夹在报纸里的小广告也好，哲学书也好，色情照片也好，成捆的万元纸币也好，扔进火里无非都是一样的纸片。火可不会一边燃烧一边思考‘啊哟，这是康德嘛’，‘咦，这不是《读卖新闻晚报》吗’，‘乳房长得好漂亮’什么的。对于火来说，无非都是一堆废纸。就和这个一样啊。珍贵的记忆也好，无关紧要的记忆也好，毫无用处的记忆也好，没有任何区别，统统都是燃料。”

蟋蟀独自点头，又接着说下去。

“于是呢，如果我身上没有这种燃料，如果没有记忆的抽屉，我只怕早就嘎巴一声断成两截了，只怕早就抱膝横死在某个污秽的角落了。正因为各色各样的记忆可以根据情况点点滴滴地提取出来，不管是重要的还是无聊的，所以哪怕是过着这种噩梦般的生活，我也好歹能坚持活下去。哪怕心里在想，不行了，再也受不了了，也照样能想方设法渡过难关。”

玛丽仍然坐在椅子上，仰视着蟋蟀的脸。

“所以，你也要加油，开动脑筋把各色各样的事都想起来，想你和姐姐之间的事。这肯定会成为宝贵的燃料，不管是对你自身，还是对你姐姐。”

玛丽默默地望着蟋蟀的脸。

蟋蟀又瞥一眼手表。“真的该走了。”

“谢谢你，多谢了。”玛丽说。

蟋蟀挥挥手，走出房间。

玛丽成了一个人。她再度打量房间内部。情人旅馆中狭小的一间。无窗，即便打开威尼斯式软百叶窗，后面也只是一块凹陷下去的墙壁。唯有床大得不成比例。枕边密密麻麻地布满了莫名其妙的开关，望去简直像飞机驾驶舱。自动贩卖机内有造形逼真的振动器和形状过火五颜六色的内衣。对于玛丽来说，这虽是未曾见惯的奇异光景，却也没有敌对的印象。玛丽独自一人待在这古怪的房间里，反而有种受到呵护的感觉。她发现自己的心情处于久违的安宁状态。她将身体深深埋进椅子里，闭起眼睛，就此陷入了睡眠之中。短暂却深沉的睡眠。这是她渴求已久的东西。

16

4:52

乐队深夜排练使用的仓库一般的地下室。无窗，天花板很高，管道裸露在外。由于换气装置不足，屋子里禁止吸烟。长夜眼看接近尾声，正式排练已经结束，现在正进行形式自由的即兴合奏。屋子里共有十来个人，其中两位女子，一位弹钢琴，另一位手持高音萨克管正在休息。其余的全是男人。

在电子钢琴、低音大提琴和鼓乐的三重奏中，高桥用长号吹出长长的一段独奏。萨尼·罗林斯的《两人的小月亮》。节奏并不太快的蓝调。不错的演奏。与其说是倚重技巧，毋宁说是借助乐句的叠加与故事的演述来阐释音乐。说不定其中显露出类似人品的东西。他紧闭双目，陶醉在音乐之中。次中音萨克斯和中音萨克斯以及小号，不时在背后添加简单的即兴重复段。没有加入演奏的伙伴则一边听着表演，一边喝着保温瓶里的咖啡，或是在检查乐谱，或是在保养乐器，不时在独奏的间隙里欢呼几声。

在裸露的墙壁的包围之中，音乐回声很大，所以鼓手几乎只用鼓刷演奏。用长板和钢管椅拼出来的临时桌子上，凌乱地放着外卖的比萨饼纸盒、装咖啡的保温瓶、纸杯等诸如此类的东西。还有乐谱、小型磁带录音机、萨克管的簧片等。几乎没有暖气，大家都穿着大衣或外套在演奏。正在休息的伙伴中甚至有人围着围巾戴着手套。相当奇异的景象。高桥漫长的独奏结束，低音大提琴独奏一段副歌，然后又是四种管乐的主题合奏。

乐曲奏毕，休息十分钟。毕竟排练了很长时间，大约是疲劳袭来，每个人都变得比平时沉默了一些。有人在舒展四肢，有人在喝热乎乎的饮料，有人在吃饼干之类的东西，有人到外边去抽烟，准备进入下一支曲目。唯独弹钢琴的长发女孩休息期间始终坐在乐器前，试奏几个和弦。高桥坐在钢管椅上，整理好乐谱，将长号拆开甩去唾液，用布简单地擦拭后，开始往乐器盒里收。看来他不准备参加下一曲的演奏了。

拉低音大提琴的高个男子走过来，砰地拍了一下高桥的肩膀。“嗨，刚才的独奏好极啦。很感人。”

“谢谢。”高桥说。

“高桥君，今天就到此为止了？”吹小号的长发男子搭话道。

“嗯。我有点事。”高桥说，“不好意思，待会儿就麻烦你们打扫场地了。”

5:00

白川家的厨房。电视在报时，开始播放清晨五点的NHK新闻。播音员面朝正前方的摄像机，中规中矩地朗读新闻。白川坐在餐厅桌前，将电视音量调得低低的，勉强可以听见。领带解下来搭在椅背上，衬衣袖子一直卷到肘弯。酸奶容器已经空了。他并不想看电视，没有一条令他感兴趣的新闻。这个一开始就心知肚明。他只是还无法安然入睡。

他在餐桌上一连几次缓缓地张开又合上右手。存在于那里的不是单纯的疼痛，而是伴随记忆的疼痛。他从冰箱中拿出绿色的巴黎水瓶子，贴在手背上冷敷。然后拧开瓶盖，倒进玻璃杯里啜饮。再取下眼镜，仔细地按摩眼睛四周。然而睡意还是不来造访。身体在诉说实实在在的疲劳，大脑中却有某种东西不让他睡去。那种东西挡在那儿，他无法避让。白川无奈地重新戴上眼镜，将目光投向电视屏幕。钢铁出口的倾销问题。政府针对日元急速升值的对策。母亲带着两个幼儿一起自杀。往车里浇上汽油点火。图像上烧成焦炭的汽车还在冒着浓烟。市面上即将爆发圣诞节商战。

长夜已经接近尾声，然而他的长夜似乎不会轻而易举地告终。家人们大概很快就会起床，无论如何要在那之前入睡。

5:07

旅馆阿尔法城的一室。玛丽把身体深深地沉入单人椅，正在打盹儿。两只穿白色短袜的脚搁在低矮的玻璃茶几上。恬静安然的睡容。桌子上扣着读了一大半的厚书。天花板上的灯亮着，但玛丽似乎毫不介意。电视关闭，保持着静默。铺得整整齐齐的床。除了天花板上空调那单调的驱动声，听不到任何响动。

5:09

浅井爱丽的房间。

浅井爱丽不知何时已经身在这一边。她回到自己的房间自己的床上，睡在那里。仰面朝天纹丝不动，甚至连呼吸声都听不到。这情景与我们第一次来到这个房间时目睹的相同。携着重量感的沉默，浓稠得惊人的睡眠。波澜不兴、平静如镜的思维水面。她正仰面朝天漂浮在那里。房间里看不见丝毫的紊乱。电视冷冰冰地关着，回到月球背面去了。她从那间谜一般的屋子里成功脱逃了吗？房门顺利打开了吗？

谁也不来答复疑问。那问号就这么得不到回应，被吸入长夜最后的黑暗与冷漠的沉默中。作为事实勉强得知的，唯有浅井爱丽回到了这个房间、回到了自己的床上。就我们目睹到的，她似乎安然无恙、毫发未损地回归这一边了。一定是在最后关头成功地逃出了门外，不然就是顺利地找到了别的出口。

总而言之，半夜发生在这个房间里的一连串奇妙事件，看来已完全终结。大致的循环业已完成，异变全部得以回收，困惑被遮蔽掩覆，事态看似恢复了原状。在我们四周，原因与结果携手，综合与解体保持着平衡。归根结底，一切都是在我们鞭长莫及的深深裂缝般的地方展开的。从深夜到天空泛白这段时间里，那个地方悄然张开黑暗的入口。那里是我们的原理不具备任何效力的地方。谁都不能预见那个深渊在何时何地将人吞噬下去，又在何时何地吐泻出来。

爱丽此刻没有丝毫犹豫，端正地躺在床上继续安睡。一头黑发形成优雅的扇面，在枕上铺展开无言的意义。根据周边的动静，我们可以感觉到早晨正在接近。黑夜最深邃的部分已然逝去。

然而，果真如此吗？

5:10

7-11便利店内。高桥肩扛长号盒，目光认真地在挑选食品。

是准备回家一觉睡醒后吃的东西。店内没有其他客人的身影。天花板上的扬声器里传来菅止戈男[①]的《炸弹果汁》。他选择了装在塑料容器内的金枪鱼三明治，拿起牛奶纸罐跟别的商品比对日期。牛奶对他来说是具有重大意义的食品，任何细枝末节都不可大意。

恰在此时，放在奶酪货架上的手机响了。是不久前白川放上去的手机。高桥皱起眉头，满腹狐疑地望着那只手机。到底是谁把手机遗忘在这种地方了？转眼朝收银台望去，却不见店员的身影。电话铃没完没了地响。无奈之下，他拿起那只小巧的银色手机，按下通话键。

“喂。”高桥说。

“你逃不掉的。”一个男人的声音猛地说道，“你别想逃脱。就算逃到天涯海角，我们也会抓住你。”

语调平板呆滞，不带丝毫情感，仿佛宣读印好的文章一般。而对方在说什么，高桥当然不知所云。

“喂喂，你等等。”高桥的声音比方才提高些。

然而他的话似乎根本进不了对方的耳朵，打电话来的男人用毫无抑扬的声音自顾自地继续说话，就像对着录音电话留言一般。

“我们要砸断你的脊梁骨。你长的什么模样，我们已经一清二楚了。”

“喂喂，你们是不是搞……”

---

①日本创作歌手，自称为村上春树的铁杆粉丝。

男人说："如果哪天有人在什么地方砸断了你的脊梁，那就是我们了。"

高桥不知道如何作答，只好沉默。在冷柜里放了很久的手机，拿在手上感觉特别冷。

"你也许会忘记。我们绝不忘记。"

"那个……我不知道这是怎么回事，可你们搞错人了……"高桥说。

"你别想逃脱。"

电话咔嚓一声挂断，线路死亡。最后的口信被撇在了无人的海岸。高桥呆呆地盯着拿在手中的手机。虽然他对男人所说的"我们"是何许人、本应接听这通电话的家伙是何许人一无所知，男人声音的残响却如同回味不佳的荒诞诅咒，留在了他的耳朵（那只耳垂变了形的耳朵）里。手中有种类似抓过蛇的滑溜溜的触感。

高桥想象着基于某种理由，有人在遭到许多人追杀。由打电话来的男人那断然的口气可以明白，此人只怕没有逃脱的指望了。有朝一日在某个地方，在意想不到的时刻，他将被人从背后砸断脊梁骨。然后又将发生什么？

总而言之，这种事情与我无关。高桥告诉自己。这恐怕是都市背面发生的不为人知的粗野血腥的行为之一。是通过异类电路传递过来的另一个世界的事情。自己无非是交臂而过的路人，仅仅是出于好心才将便利店货架上鸣响不已的手机拿起来接听，还以为是将手机遗忘在此处的人来电确认所在呢。

高桥将电话合起来，放回原处——盒装金文必奶酪切片旁边。最好别再和这只手机产生瓜葛，尽早离开此地。离这条危险的电路越远越好。他疾步走向收银台，从衣袋中抓出一把零钱，付了三明治和牛奶的账。

5:24

高桥独自一人坐在公园的长椅上。就是方才猫咪们聚集的小公园。除了他再无别人。两架并排而立的秋千。遮蔽了地面的落叶。浮在天上的月亮。他从大衣口袋里掏出手机，按动号码。

玛丽所在的旅馆阿尔法城的客房里。电话铃声响起。响过四五声之后，她被吵醒，皱起眉瞥了一眼手表，从椅子上站起来，拿起电话。

“喂。”玛丽声音含混地说。

“喂。是我。你睡觉了？”

“一小会儿。”玛丽用手堵住听筒，清了清喉咙，“但没关系。我只是坐在椅子上打瞌睡。”

“方便的话，现在去不去吃早餐？刚才我跟你说过的饭馆，煎蛋很好吃的那家。我想除了煎蛋，还有别的好吃的。”

“排练已经结束了？”玛丽问，但听上去总有点不像自己的声音。我既是我，又不是我。

“结束了。我饿得肚子咕咕叫，你呢？”

“说实话，我不太饿。更想回家。”

“好。那我先送你到车站。头班车大概已经开了。”

“从这里到车站，我一个人也能去。”玛丽说。

“我想跟你多聊两句。”高桥说，“咱们一边聊一边往车站走。如果你不觉得厌烦的话。”

“我倒不是说厌烦。”

“十分钟后我去那儿接你。行吗？”

“行。”玛丽答道。

高桥挂掉电话，合起来放进衣袋里。从长椅上站起身，大大地打个哈欠，然后仰望天空。天空还很暗，和方才相同的月牙浮在天际。从拂晓时分的都市一角举首望去，如此巨大的物体免费悬浮于天上，本身便令人觉得不可思议。

“别想逃脱。”高桥仰望着那一弯月牙，试着说出声来。

这句话谜一般的余音，成为一个隐喻留存在他的心里。别想逃脱。你也许会忘记，我们绝不忘记。打电话来的男人说。就此话的意义思来想去，他渐渐觉得这句话不是针对别人，而是直接针对他自己的。说不定那并非偶然发生的事。说不定手机静静地潜身于那家便利店的货架上，正在等待高桥从面前经过。我们，高桥想，**我们**到底指谁？再者，他们到底绝不忘记什么？

高桥把乐器盒与大手提袋挎在肩头，不慌不忙地迈步向阿尔法城走去。一边走，一边用手掌摩挲脸颊上长出来的胡须。长夜最后的黑暗像薄膜一样包裹着都市。垃圾回收车开始在路面上出现。几乎是与之交错而过，在都市的各个角落里度过一夜的人们向着车站走去。他们一同冲着头班列车而去，宛如溯流而上的鱼群。终于完成了通宵工作的人们，彻夜不眠玩累了的年轻人——尽管立场和资格彼此各异，他们都一样地沉默。甚至在饮料自动贩卖机前紧紧相拥的年轻情侣，此时也没有了交谈的话语。两人只是在无言地分享体内残存的微微暖意。

新的一天已然迫在眉睫，而旧的一天却拖曳着沉重的衣裾犹未离去。宛如海水和河水在河口争势，新的时间与旧的时间你争我夺，纠缠在一起。自己的重心究竟是在哪一侧的世界里，高桥也无法分辨。

17

5:38

玛丽和高桥并肩走在马路上。玛丽肩上挎着挎包，头上深深地扣着红袜队的球帽。她没戴眼镜。

“怎么样？不困吗？”高桥问道。

玛丽摇头。“刚才打了个盹儿。”

高桥说：“有一次，也是像这样通宵排练结束后，我打算回家，从新宿坐上了中央线，等我一觉醒来，居然到了山梨县。深山老林里。不是自夸，我是那种不管在什么地方都能马上呼呼大睡的人。”

玛丽似乎在思考别的事情，沉默不语。

“……哎，咱们接着刚才的话题说。就是浅井爱丽的事。”高桥开口道，“那个，要是你不想说的话，不说也没关系。我不过是随便问问。”

“嗯。”

“你姐姐一直在睡觉，不打算醒来。你好像是这么说的，对吧？”

“对。”

“我对情况不大了解，不过，你说的是处于昏睡状态吗？像神志昏迷之类。”

玛丽有些吞吞吐吐：“倒也不是。我想，眼下还不至于关乎性命。她……只是在睡。”

“只是在睡？”高桥问。

“嗯。只是……”玛丽欲言又止，叹息一声，“啊，对不起，我好像还是说不清楚。”

“没关系。既然说不清楚，就不必说了。”

“我累了，而且心里还没理清头绪。再说，自己的声音听上去不像是自己的。”

“**以后**再说也行。以后再找个机会。这事现在不说了。”

“嗯。”玛丽似乎松了一口气。

二人一时无语，径自走向车站。高桥边走边轻轻地吹口哨。

“到底什么时候天才亮啊？”玛丽问。

高桥瞥一眼手表。“现在这个季节嘛，嗯……大概要到六点四十分吧。现在是黑夜最长的季节啊，天还得黑上一会儿呢。”

“天黑的时候，人很容易疲倦的。”

“因为这本来是应该睡觉的时间。”高桥说，“人类在天黑以后也能自由自在地外出，从历史上看其实是最近的事情。从前，天一旦黑下来，人们就只能一个个蜷缩在洞窟里，设法保护自己。我们体内的生物钟仍被设定成天一黑就睡觉的状态。”

“从昨天傍晚天色暗下来之后，我感觉好像过去了很长时间。”

“可能当真过去了很长时间呢。”

一辆重型运货卡车停在药妆店门前，司机将运来的货物搬进半开的金属卷帘门里。两人从门前走过。

“喂，能不能很快再见到你？”高桥说。

“为什么？”

“为什么？”他反问道，“因为还想再见你，和你说说话呀。可能的话，在更加正常一点的时间。”

“就是说约会喽？”

“也许可以那么叫。”

“但你跟我见面，究竟要说什么呢？”

高桥略一沉吟。“我们之间有什么共同话题——你要问的是不是这个？”

“我是说，除了爱丽的话题之外。”

“那倒是，你忽然这么一问，我一下子还真想不出具体的共同话题，眼下这会儿。但是我觉得，只要见了面，咱们大概会有许多话要说。”

“你跟我交谈，肯定会感到没意思。”

“难道有人这么说过你？说和你交谈没什么意思？”

玛丽摇头。“那倒没有。”

“那你就不必多虑了。”

“有时候，人家说我这个人有点阴沉。”玛丽老实地说。

高桥将乐器盒从右肩换到左肩，然后说：

“我说呀，我们的人生是不能单单只用明朗或阴沉来划分的。在这两者之间还有一个叫阴影的中间地带。能认识并理解这个阴影阶段，才是健全的智慧。而要获得这健全的智慧，需要投入一定的时间和劳力。我觉得你的性格并不阴沉。”

玛丽思索着高桥的话。“不过，我是个胆小鬼。”

“咦，那可不对。要是胆小鬼的话，一个女孩子肯定不会像这样，只身一人半夜跑到外边来。你是想在这里找到什么，对不对？”

“这里？”玛丽问。

“我是指不同于平日的地方，指脱离自己生活圈的领域。”

“那么我找到什么了吗，在这里？”

高桥微笑，看着玛丽的脸。

“至少我很想再次跟你见面谈谈。我期待这样。”

玛丽看着高桥的脸。两人四目相对。

“不过，这也许很困难。”她说。

“很困难？”

“嗯。”

“就是说，你我或许再也不会见面了？”

“就现实而言。”玛丽说。

“你有男朋友？”

“现在还没有。”

“那就是看不中我？”

玛丽摇头。“不是那个意思。我是说，下个星期一我就不在日本了。我要到北京的大学做交换留学生，一直待到明年六月。”

“原来是这样。”高桥叹服般说道，“你是个优等生嘛。”

“我只是去碰碰运气，没想到一申请居然入选了。我还以为一年级学生恐怕没指望呢，谁知道那好像是个特殊项目。”

“太好了。祝贺你。”

“所以，离出发没几天了，这个那个的，我想准备起来可能会很忙。”

“那当然。”

“当然什么？”

“你得做去北京的准备，这个那个的很忙，没时间跟我见面。那当然。”高桥说，“我很理解。好的，没关系。我可以等。”

“可是我回日本得半年多以后呢。”

“你别看我这样，我这个人可有耐性了。比较善于消磨时间。能不能把那边的地址告诉我？我给你写信。”

“那倒可以。”

“我写信去，你也给我回信吗？”

“嗯。”玛丽说。

“等到明年夏天你回到日本，咱们就约会吧。咱们到动物园呀植物园呀水族馆呀，然后去吃政治上尽可能正确的美味煎蛋！”

玛丽再次看着高桥的脸，笔直地注视着他的眼睛，仿佛要确认什么似的。

“可是，你为什么对我感兴趣？”

“是啊，为什么呢？现在连我也说不清楚。但今后和你见面交谈几次，身后若有若无地传来弗朗西斯·莱伊的音乐，也许我就能滔滔不绝地向你诉说具体的理由，告诉你为什么对你感兴趣了。就连雪，说不定都会为我漂亮地堆积起来呢。”

到了车站，玛丽从衣袋里摸出一个小小的红皮记事本，写上北京的地址，将那一页撕下递给高桥。高桥一折为二，装进自己的钱夹。

“谢谢你。我会给你写长长的信。”他说。

玛丽站在关闭的自动检票机前，若有所思。她犹豫不决，不知该不该把心中想到的说出来。

“关于爱丽，我刚才想起了一件事。”她终于下定决心，说道，“很久以来我一直忘掉了，是你打来电话之后，我坐在旅馆的椅子上发呆时，记忆忽然苏醒过来的。突如其来地。我现在说出来不要紧吧？”

“当然。”

“我想趁着还记得清清楚楚的时候，把它说给什么人听。”玛丽说，“不然，担心细枝末节就会消失了。”

高桥把手贴上耳朵，示意在洗耳恭听。

玛丽开始叙述：“我上幼儿园的时候，曾经和爱丽两个人被关在公寓的电梯里。大概是发生了地震。电梯在两层楼间猛烈摇晃，忽然停了。同时电灯熄灭，一片漆黑。真的是一片漆黑，伸手不见五指。而且在那架电梯里面，除了我们俩连一个人也没有。我极度恐慌，浑身僵硬，简直就像活生生变成了一具化石，连一根手指都动弹不得。呼吸也不顺畅，声音都发不出来。爱丽呼喊我的名字，我却答不出话。脑袋里面好像麻痹了，呆立不动。就连爱丽的声音，都好像是从什么缝隙里传过来的……”

玛丽微闭双眼，在脑中再现那黑暗。

她继而开口说道：“我不记得那黑暗持续了多久。好像是很久很久，也可能实际并不太长。但不管是五分钟也好还是二十分钟也好，问题不在于时间的长短，总之在那段时间内，爱丽在一片漆黑中始终紧紧抱着我。那不是普通的拥抱，她紧紧地抱着我，紧得几乎两个人的身体融成了一个。片刻都没有放松过，好像生怕一旦分开，我们就再也不可能在这个世界重逢了。”

高桥一言不发，斜倚着自动检票机，等着玛丽说下去。玛丽从运动夹克的口袋里抽出右手，凝望了片刻，仰起脸继续说道：

“当然，我猜爱丽其实也被吓坏了，大概跟我一样害怕。肯定也想大声叫喊哭泣，因为她不过才上小学二年级呀。可是爱丽很冷静。大概她当时决心要变得坚强。为了我，做姐姐的下定决心，一定要坚强起来。‘不要紧。别害怕。我和你在一起，马上就会有人来救我们的。’她一直在我耳边安慰我。声音非常坚定非常冷静，简直像大人一样。她甚至还唱歌给我听，但我已经记不清是什么歌了。我也想跟着她一起唱，可是唱不出来。我吓得发不出声音来了。可是爱丽她一个人唱给我听。当时我把自己完全交给了爱丽的怀抱。我们在黑暗中化作了一体，没有一丝间隙。甚至连心脏的跳动都能彼此分享。后来灯忽然亮了，电梯咣当摇晃一下，移动起来。”

玛丽在这里顿一顿。追觅记忆，寻找词语。

“但那是最后一次。那是……该怎么说呢，是我最最接近爱丽的瞬间，是我们俩心心相印、亲密无间地化为一体的瞬间。我觉得从此以后，爱丽和我就渐渐分离，越离越远，最终天各一方。在那个电梯里感受到的合而为一的感觉，或者说是强有力的心灵纽带，从此再也没有回到我们之间来。我不知道到底出了什么问题。但总而言之，我们已经无法回归原来的状态了。”

高桥伸手抓住玛丽的手。玛丽一惊，却没有抽回手去。高桥温柔地静静握着她的手，久久不放。小小的、柔软的手。

“其实我并不想去。”玛丽说。

“中国？”

“对。”

“为什么不想去？”

“我害怕。”

“害怕是很自然的。你可是一个人到遥远又陌生的地方去。”高桥说。

“嗯。”

“没问题。你肯定能行。况且还有我在这儿等着你。”

玛丽点头。

高桥说：“你长得很漂亮。你知道吗？”

玛丽仰头看着高桥的脸，然后抽回手，插进运动夹克口袋里，望向脚下，确认黄色旅游鞋有没有弄脏。

“谢谢你。不过，我现在想回家。”

“我会写信的。”高桥说，“就像从前小说里的那种，很长很长的。”

“嗯。”玛丽说。

她进了车站，走到站台前端，消失在停靠的快车车厢里。高桥目送着她的背影。未几发车铃响，车门关闭，电车驶出站台。待到车看不见了，他拿起放在地上的乐器盒挎在肩头，轻轻地吹着口哨，朝着 JR 站走去。车站内，来来往往的人渐渐多了。

18

6:40

浅井爱丽的房间。

窗外越来越明亮。浅井爱丽睡在床上。表情和姿势都与刚才看到的无异，睡眠那厚厚的衣衫包裹着她。

玛丽走进屋内。为了不惊动家里人，她静静地推开门进屋，再静静地掩上门。屋内的沉默与凉意让她多少有些紧张。她站在门边，谨慎地环视姐姐的房间。首先确认房间是否与平时相同。她周密地检查着，没有异变发生，没有未知的东西躲藏在角落里，然后她走到床边，俯视熟睡中的姐姐的面庞。伸手轻轻抚摸她的额头，小声呼唤她的名字。然而与平日一样毫无反应。玛丽将桌前的转椅拖到枕边坐下，俯身向前，在近处仔细观察姐姐的脸庞，仿佛要找出其中隐藏的暗号。

大约过了五分钟。玛丽从椅子上站起身，摘掉红袜队球帽，理顺蓬乱的头发，接着摘下手表，把这些整齐地放在姐姐的桌子上。又脱下运动夹克，脱掉带帽子的风雪衣，再脱去穿在下面的法兰绒格子衬衣，只剩下一件白色 T 恤。然后脱掉厚厚的运动短袜，脱下蓝色牛仔裤，静静地钻进姐姐的被窝里。让身体熟悉了被窝之后，她伸出细细的手臂，搂住姐姐仰卧着的身体，脸颊轻轻地贴在姐姐胸前，就这么一动不动了。她侧耳细听，尝试理解姐姐心脏的每一次搏动。一面听着，玛丽一面温柔地闭着眼睛。不久，泪水毫无预兆地从那闭合的眼睛里流出。非常自然的大颗的泪珠。那泪珠顺着面颊落下，沾湿了姐姐的睡衣。接着又一颗眼泪滚落下来。

玛丽从床上坐起来，用指尖擦拭面颊上的泪水，感到对某样东西——虽然不明白那具体是什么——满怀歉意，觉得自己仿佛做了一件不可挽回的事情。那是前因后果难以捉摸的非常唐突的情感，然而却是真切的情感。泪水还在簌簌滚落。玛丽用掌心接住滴落的眼泪。刚刚落下来的眼泪如血液般温暖，因为体内的暖意尚未消褪。玛丽忽然想到，我完全可以待在不同于此处的地方。爱丽也一样，完全可以待在不同于此处的地方。

为慎重起见，玛丽再度环顾室内，然后俯视爱丽的脸庞。美丽的睡容——真是漂亮，甚至令人动心，想把她原封不动地收藏进玻璃柜。出于偶然因素，意识从那里消失，在某处隐形匿迹，潜伏起来。不过，它化作了地底的暗流，流淌在肉眼看不见的地方。玛丽能够听到那幽微的响动。她侧耳聆听。那地方距此地并不太远。而且，那水流肯定已在某处与我自身的水流汇合。玛丽如此觉得。因为我们是姐妹。

她弯下腰，短促地亲吻爱丽的嘴唇。然后抬起脸，再次俯视姐姐的面庞。让时间在心中通过，然后又一次亲吻，这次更长更温柔。怎么像和自己亲吻一样，玛丽想。玛丽和爱丽，一字之差。她微笑了。然后在姐姐身旁心平气和地蜷起身子睡下，尽可能紧贴着姐姐，相互传递身体的暖意，交换生命的符号。

爱丽，快回来，她在姐姐的耳边低语。求求你，她说。然后闭目，卸去身上的力气。刚闭上眼睛，睡意便如柔软的巨浪从海上涌来，将她围裹。泪水已然停止。

窗外亮度急速地增加，鲜亮的光线从窗帘的缝隙中射入室内。旧的时间性丧失效力，即将消失在背后。许多人仍在嘟囔着旧词语。然而在刚刚亮相的新太阳的光芒中，词语的意义也将迅速移换与更新。即便那新的意义大部分只能持续到当天的黄昏时分，我们也得与它们共同送走时间、运步前行。

在房间的一隅，电视屏幕似乎在刹那间闪了一闪。显像管里，电源即将接通，有迹象表明**某种变动**将告开始。图像似的东西显出微弱的摇摆。难道是电路要和某个地方再次连接起来？我们倒吸一口凉气，守望着事态的推移。然而就在下一瞬间，画面上已经不见任何东西，只有一片空白。

我们以为自己看见的东西，也许仅仅是眼睛的错觉。也许只是从窗户射入的光线由于某种原因而摇摆，反射在了玻璃屏幕上。房间仍然处于沉默的支配之下。然而与先前相比，其深度与分量显著地衰减和后退了。此时，小鸟的啼叫传入耳鼓。如果将听觉磨砺得更锐利，也许可以听见驰过街头的自行车声、人们的交谈声，以及收音机播放的天气预报，甚至连吐司烤焦的声音都可以听见。无涯的晨光无偿地涤荡着世界的每个角落。年轻的姐妹俩躺在一张小小的床上，身体紧拥在一起，悄然安睡。除了我们，大概没有人知晓此事。

6:43

7-11 便利店内。店员拿着清单蹲在过道里，正在检查商品的上架情况。店里播放着日语嘻哈音乐。年轻的男店员。就是刚才在收银台从高桥手上收款的那位店员。头发染成黄色，人长得精瘦。上完通宵夜班似乎十分疲倦，一连打了好几个哈欠。混杂在音乐声中，他听见有手机铃声在鸣响，便站起身来四下张望，一条条地查看过道。没有顾客，店里除了他自己再无别人。然而手机铃声却执拗地响个不停。真奇怪。东寻西觅一番之后，终于在乳制品冷柜中找到了它。被丢弃的手机。

真是的！谁会把手机忘在这种地方啊！该不是脑袋有毛病吧！他咂舌，满脸不耐烦地拿起那冷冰冰的机器，按下通话键，贴在耳朵上。

“喂！”他说道。

“你不要以为自己干得很巧妙。”一个男子用全无抑扬的声音宣告。

“喂喂！”店员吼道。

“但是啊，你别想逃脱。就算你逃到天涯海角，也别想逃脱。”一段充满暗示的短暂沉默之后，电话挂断。

6:50

我们变成一个纯粹的视点，停留于城市的上空。眼中所见的是正在渐渐醒来的巨大都市的情景。涂成各种颜色的通勤列车朝着不同的方向驶去，将众多乘客从一个地方运往另一个地方。每个乘客都长着不同的面孔、拥有不同的精神，同时他们又是集合体中无名的部分。既是一个整体，同时又仅仅是零部件。他们巧妙且权宜地将这种双重性分而用之，恰到好处、干净利索地完成清晨的仪式。刷牙，刮胡子，挑选领带，涂口红。查看电视新闻，与家里人交谈，吃饭，排便。

太阳升起的同时，乌鸦们成群结队飞来闹市寻觅食物。它们那漆黑油亮的翅膀在朝阳下闪闪发光。双重性对乌鸦们来说，远不是对人类而言那般重要的问题。确保必需的营养以维持个体生存，对它们来说才是最重要的事项。垃圾回收车尚未将所有的垃圾收集完毕。须知这是一个巨大的都市，它滋生出来的垃圾数量庞大。乌鸦们发出喧闹声，仿佛俯冲下来的轰炸机一般，向着都市的各个角落飞落下来。

新的太阳将新的光辉倾洒在街市上。高层建筑的玻璃幕墙闪耀着炫目的光芒。万里无云。此刻连一缕云絮都不见。只有烟霾沿着地平线袅袅萦绕。月牙变成白色的沉默岩块，遥遥化作遗失的口信，飘浮在西边的天上。新闻直升机像神经质的白蚁一般飞舞在空中，将公路拥挤的图像传送给电视台。首都高速公路上，打算进城的汽车已经在收费站前排成了长龙。夹在林立的楼群间的众多道路却还笼罩在冷冷的阴影中。在那里，许多昨夜的记忆旧态依然，原封不动。

6:52

我们的视点离开中心城区的上空，移向幽静的郊外住宅地带。眼底下，带庭院的二层小楼鳞次栉比。从上方望去，似乎家家都彼此相似。差不多的年收入，差不多的家庭结构。深蓝色的沃尔沃新车得意扬扬地反射着晨光。庭院绿地上安着练习高尔夫的安全网。刚刚送来的晨报。遛着大型犬的人们。从厨房窗户传来准备早餐的声响。人们相互打招呼的声音。在这里，也将开始新的一天。它可能成为毫无起色的一天，也可能成为在种种意义上留存于记忆里的惊人的一天。然而无论如何，对于任何人来说，眼下它都还是一张只字未写的白纸。

在看上去千篇一律的住宅中挑选一座，对准它笔直下降。穿越二楼挂着奶油色窗帘的窗户，无声无息地进入浅井爱丽的房间。

玛丽躺在床上，身体紧挨姐姐睡着了。可以听见轻轻的呼吸声。在我们看来，她似乎在安然熟睡。大约是因为身体发热，面颊上比方才多了些绯红。刘海搭在眼睛上方。兴许是在做梦吧，再不就是记忆的余韵，口角浮现出微微的笑影。玛丽穿过了漫长的黑夜，在那里邂逅了活动于夜间的人士，与他们交谈，如今终于回归自己的世界。对她形成威胁的东西，至少目前在周围并不存在。她十九岁，由屋顶和四壁守护着，由铺着草坪的院落、防盗警报系统、刚刚打过蜡的商务车，以及在附近溜达的大型犬们守护着。清晨的阳光从窗口射进来，温柔地围裹着温暖着她。玛丽的左手搁在爱丽铺展在枕上的黑发上，手指轻柔地舒展成自然的形状，微微弯曲。

就爱丽而言，她的姿势和面部表情都看不出丝毫变化。对于妹妹过来钻进被窝睡在身畔的事，她似乎也毫无察觉。

然而不久，爱丽小巧的嘴唇微微一动，仿佛是对什么做出反应。转瞬之间，大约只有十分之一秒的飞速颤动。然而作为久经磨砺的视点，我们不会看漏这个颤动。我们将这个转瞬即逝的肉体信号牢牢看在眼里。这个颤动，兴许就是即将到来的某个事物微弱的胎动，抑或是微弱的胎动自身的微弱预兆。但无论如何，穿越意识细微的缝隙，有东西在向这一侧传送讯号。我们得到了这种确切的印象。

我们小心翼翼地守望这预兆，期冀它不被别的阴谋妨碍，在清晨崭新的光芒中从容地膨胀开去。天才刚刚亮，距离下一次黑暗前来造访，还有时间。

图书在版编目（CIP）数据

天黑以后 /（日）村上春树著；施小炜译. -- 2版
. -- 海口：南海出版公司，2022.2
ISBN 978-7-5442-9978-7

Ⅰ. ①天… Ⅱ. ①村… ②施… Ⅲ. ①长篇小说－日本－现代 Ⅳ. ① I313.45

中国版本图书馆CIP数据核字（2021）第115101号

著作权合同登记号 图字：30-2012-001

天黑以后
〔日〕村上春树 著
施小炜 译

出　　版　南海出版公司　(0898)66568511
　　　　　海口市海秀中路51号星华大厦五楼　邮编 570206
发　　行　新经典发行有限公司
　　　　　电话(010)68423599　邮箱 editor@readinglife.com
经　　销　新华书店

责任编辑　张　锐
特邀编辑　刘悦慈　李嘉钰
营销编辑　杨　茜　李　妍　沈乐璇
装帧设计　韩　笑
内文制作　张　典

印　　刷　河北鹏润印刷有限公司
开　　本　850毫米×1168毫米　1/32
印　　张　6.25
字　　数　116千
版　　次　2012年2月第1版　2022年2月第2版
印　　次　2022年2月第1次印刷
书　　号　ISBN 978-7-5442-9978-7
定　　价　49.00元